Jamais autant

Du même auteur :

RAUQUE LA VILLE, Éditions de Minuit
RAPT D'AMOUR, P.O.L éditeur
LA SUIVE, Imprimerie nationale éditions
PATHETIQUE SUN, Criterion
LA FICTION D'EMMEDEE, Éditions du Rocher
LES VOYAGEURS MODELES, Éditions Comp'Act
PETIT HOMME CHERI, Éditions L'ACT MEM
LE PONT D'ALGECIRAS, Éditions L'ACT MEM
L'INSATISFACTION, BOD éditeur
REGARDER LOIN, BOD éditeur

ENTRETIENS AVEC MARGUERITE DURAS
On ne peut pas avoir écrit Lol V. Stein et désirer être encore à l'écrire, François Bourin éditeur

http://jeanpierreceton.com

jean pierre Ceton

JAMAIS AUTANT

récit

BoD

© 2016 Jean Pierre Ceton
Tous droits réservés

Edition BoD - Books on Demand
12/14 rond-point des Champs-Elysées 75008 Paris
Imprimé par BoD - Books on Demand, Norderstedt, Allemagne

ISBN 9782810600205

Dépôt légal 1er trimestre 2016

(L'auteur utilise ici la nouvelle orthographe, façon pour lui de défendre la langue française)

2008

// Climat en espagnol s'écrit clima, ce qui fait un peu écriture texto pour nous. Mais l'espagnol, contrairement au français, n'écrit pas les lettres qui ne se prononcent pas. Ou bien, il n'écrit que les lettres qui se prononcent

// « Je vise le grand public, je ne raconte pas ma vie ! » (un scénariste de bande dessinée)

// Les mots se féminisent avec naturel sur le net, lu par exemple : la citée, la clée, une sourie, la véritée, des difficultées, la chaleure, plusieurs personnes...

// Les gens qui se précipitaient hier pour voir et écouter Eric Duyckaerts découvraient avec stupeur des affichettes apposées sur les grandes parois vitrées du Centre Pompidou indiquant sa fermeture en raison d'un mouvement social -"pour la défense du service public et des valeurs du Centre". Néanmoins ces gens restaient là agglutinés dans une sorte d'attente que le performeur, à l'humour sans faille, performe devant ces portes fermées tant la situation induite était une sorte de feuille de route parfaite pour lui

// Parodie de nostalgie : Que c'était bien les années 80 ! Quel plaisir on avait de rentrer précipitamment chez soi pour consulter les messages sur son répondeur -en espérant qu'il y en ait- qu'on ne pouvait pas recevoir comme on le fait maintenant n'importe où avec son téléphone mobile

// Destruction à l'explosif, mardi 17 novembre, d'une école de filles dans le nord-ouest du Pakistan. Les talibans qui proscrivent l'éducation des femmes, ont déjà dynamité des centaines d'établissements dans toute la province ces dernières années. Même dans les grandes villes, les écoles sont contraintes de fermer après avoir fait l'objet de menaces d'extrémistes islamistes (agence de presse)

// Jamais une nuit du 15 au 16 novembre n'avait été aussi chaude à Biarritz, enfin jamais depuis l'année 1970, selon *Météo-France*. Ce qui veut dire que c'était déjà arrivé !

// Des images (un peu ridicules) de Claude Lévi-Strauss allant acheter (en 1974) sa bicorne d'académicien et puis son habit, donc l'essayer et puis encore après retouche... Non, j'ai cessé de regarder en cours de visionnage. *Le Monde* du jour titrait sur la grande difficulté à faire disparaitre des données personnelles sur le net

//Des gens qui ne savent pas trop quoi faire entre midi et deux, s'installent dans leur voiture en stationnement, y mangent ou bien attendent que le temp passe. Et pour ne pas avoir froid, ils font tourner sur place le moteur de leur berline

// "The Savage Detective" (J. M. G. Le Clézio), à propos de Claude Levi-Strauss (*New York Times*)

// « Quand j'ai débarqué avec mon roman à publier, je croyais vraiment que les écrivains pouvaient dire ce qu'ils pensaient. Quelle erreur ! Un écrivain parisien est plus proche du laquais que du libre-penseur. Avec tous les puissants à flatter, et les ascenseurs à renvoyer, la liberté de parole est très, très secondaire » (*Blog Wrath*)

// Faites un don pour la lutte contre le réchauffement climatique (indicateur d'infos, *Ville de Paris*)

// Tous ces matins, les nouvelles, ce sont des dizaines de tués, voire des centaines par explosions, attentats, accidents etc. Ou bien ce sont des histoires de corruption ou de rivalité débile. Il n'y a pas autre chose dans la vie de plus beau ?

// Quand on parle d'un village on dit "âmes" pour désigner sa population, pour les villes on dit habitants

// Elle répète que, pour sa mère à elle, un repas sans viande, c'est pas manger

// « Gandhi avait fait ses premières armes en Afrique du sud » (radio)

// Le tribunal correctionnel de Marseille a condamné vendredi 23 octobre à un an de prison avec sursis un policier qui était au volant de la voiture ayant fauché le jeune Nelson 14 ans, décédé le lendemain, alors qu'il circulait à vélo sur un passage protégé, et relaxé un deuxième policier qui était à bord

// Le cinéaste Roman Polanski risque une peine maximale de deux ans "pour relations sexuelles avec mineur", a assuré vendredi à *l'AFP* le ministère suisse de la justice

// Le Collège de France qui vient d'ouvrir une chaine sur *Dailymotion*, annonce plus de 900 heures de cours en ligne

// Le nombre de lecteurs de livres continueraient de diminuer (d'après un rapport du ministère de la culture) ? Ou bien, il n' y a jamais eu autant de lecteurs qu'aujourd'hui, tout comme il n'y a jamais eu autant de livres vendus ? Etant entendu que dans les enquêtes d'opinion les gens qui ne lisent jamais s'en foutent désormais de le dire, ce qui n'était pas le cas quelques décades plus tôt

// Les jeunes gens auraient abandonné la musique classique (presse, d'après un rapport du Ministère de la culture) ?

// Vu hier au Centre Pompidou un film canadien anglophone (de Guy Maddin), dans le sous-titrage duquel le mot français "giron " figurait à de multiples reprises, sensé traduire "lap", sauf que le mot en français est inusité. En fait, "sein" au sens large, mais un peu ancien aussi, plus précisément le ventre de la mère... Giron, comme origine du monde !

//Titre: « L'arsenal nucléaire pakistanais préoccupe Hillary Clinton ». Texte: « La secrétaire d'Etat américaine a affirmé, dimanche 11 octobre, que Washington avait confiance dans le contrôle du Pakistan sur ses armes nucléaires » (*Le Monde*)

// La TVA en Europe est plus élevée sur les e-books que pour les livres imprimés (*Guardian*)

// La réforme (de l'orthographe) de 1990 a été victime de l'hostilité entre Michel Rocard, Premier ministre, et Lionel Jospin, ministre de l'Education. Le chef du gouvernement était favorable à des changements modérés mais ces rectifications n'ont jamais été publiées au Bulletin officiel de l'Education nationale (Jean-Pierre Jaffré, linguiste)

// Le Pnud (Programme des Nations unies pour le développement) souligne que l'Indice de Développement Humain, développé en 1990 par l'économiste pakistanais Mahbub ul Haq et l'économiste indien Amartya Sen a progressé de 15% à l'échelle internationale depuis son lancement

// Nicolas Hulot : « Les changements climatiques dont on sait que ça occasionne 300 000 morts par an... »

// Il parait que le président français lirait en ce moment Marcel Proust et sa "Recherche du temps perdu". Il n'y a pas de raison d'en douter, on pourrait même s'en réjouir, être juste curieux de savoir à quel étape il en est... On peut néanmoins se demander comment un homme si occupé peut trouver le temp et surtout le calme que cette lecture implique. En somme, comment un personnage si agité peut aller au bout de la phrase proustienne sans décrocher vers quelques préoccupations extérieures?

// « Il faudrait ne plus éprouver de honte à dire tout haut son goût pour la langue du Grand Siècle. C'est qu'elle se porte mal en nos temps de vulgarité triomphante. Une odeur de naphtaline nimbe le souci de la langue... » On ne sait comment phrases pareilles peuvent sortir de la tête d'un contemporain, en l'occurrence chroniqueur officiel de littérature

// Le ministre de la Culture insulté, hué et arrosé de bière à la fête de l'humanité. Il en repart affirmant que c'est une fête de la tolérance, mais que tout le monde ne semble pas l'avoir compris

// Il y a bien les 3 mesures placardées partout pour se protéger de la grippe H1N1 mais pas encore de consigne à destination des fumeurs de cannabis qui se passent le joint de main à main et de bouche à bouche, tant qu'il dure. Ou ils arrêtent de fumer ou bien ils se transmettent le virus. Ou alors ils fument seuls, ce qui risque d'être triste

// Comment les gens en opposition politique au pouvoir peuvent par ailleurs être complaisant à l'égard de la scène artistique officielle, les artistes reconnus, les cinéastes en vogue, les metteurs en scène plébiscités par la presse etc, alors que pour beaucoup ils sont dans une même posture de pouvoir que le pouvoir en place ? (Victor Cherre)

// Selon *WWF*, si le Gulf Stream ralentit de 25 à 30 %, comme cela se profile, les hivers pourraient devenir beaucoup plus froids en Europe

// Les gens des medias non sociaux, ce qu'ils aiment, c'est faire connaitre les gens déjà connus (Victor Cherre)

// Les derniers jours du monde, la perspective du chaos, la fin de tout, l'idée qu'on va droit dans le mur etc. Voila ce qui plait ! Aux gens ou aux scénaristes ? Aux gens, je ne suis pas sûr. Aux scénaristes, éditeurs, producteurs, auteurs conservateurs certainement. Le narrateur des "Voyageurs modèles" crie quant à lui que le monde ne fait que commencer... (Alvigna)

// Les e-livres (ou e-books) seraient bons pour les SDF (sans domicile fixe), selon un dirigeant d'édition dont il est préférable de taire le nom. D'autant que sa phrase restera comme perle mais pas son auteur

// Aperçu à Montparnasse un acteur de cinéma en vogue depuis les années 2000 et même avant, déjà la clef de voiture à la main, en effet repassant peu après devant la terrasse où je me trouvais au volant de sa Porsche de collection décapotable, déclenchant alors le petit coup d'accélérateur comme tout bon beauf qui se respecte. D'ailleurs pensais-je en effet c'est sa beaufferie qui fait son succès dans des films que les pauvres publics paient cher pour voir en miroir des histoires de beaufs aisés, eux qui ne le sont pas (Victor Cherre)

// Les gestes qui se perdent: pouce à l'oreille et petit doigt sous le menton, pour mimer le téléphone (ancien), ou les mots qui perdurent : « c'est moi, au bout du fil »

// Une maison d'édition bien en place demande depuis quelque temp à ses auteurs d'écrire sur des faits divers. Ça donne ce que ça donne. Aisé de ressentir le peu d'engagement des auteurs pour leur sujet. Facile de comprendre qu'il s'agit là de l'édition pour l'édition (Alvigna)

// Que faire contre les gens qui laissent leur moteur allumé dans les rues de la ville, celui de leur voiture (ou de leur moto), tandis qu'ils se préparent à partir, chargent leurs bagages, parlent au téléphone ou sont en attente de quelqu'un qui devrait arriver incessamment sous peu ?

// Dans la rue de la nuit, il m'a semblé que des gens parlaient tout en marchant, en fait c'était une personne seule qui rentrait en téléphonant

// La force des clichés : un scientifique, parlant de la station spatiale internationale (ISS), balance au bout d'une phrase et demie, que le problème maintenant c'est qu'on n'aime plus le risque... Comme si ce n'était pas risqué d'envoyer des humains dans l'espace

// « Bien évidemment, nous allons, bien évidemment, en reparler dans nos prochaines éditions... »

// « Il nous faut avoir le courage de ne pas céder aux sirènes de la facilité révolutionnaire », dit Bernard-Henri Lévy. Ce qui me frappe, c'est la formule ("céder aux sirènes"), tout comme cette autre « le patronat sacrifie l'emploi sur "l'autel" des profits », même s'il est exact en effet que les profits sont en général privilégiés et l'emploi non (Pauline Dezert)

// Selon le dernier bilan communiqué le 6 juillet par l'organisation mondiale de la santé (OMS), le virus A (H1N1) avait contaminé quatre-vingt-quatorze mille cinq cent douze personnes dans cent trente-six pays et territoires, causant quatre cent vingt-neuf morts. A noter la précision : 94 512 personnes contaminées, avérées on présume, qu'il faut tout de même comparer aux 6,8 milliards de personnes humaines susceptibles de l'être

// Il faut bien reconnaitre que quand les médias classiques parlent des nouveaux médias, ou bien annoncent l'arrivée de nouvelles applications, c'est pour en dénoncer les dangers jusqu'à faire peur autant que c'est possible

// Ce qui m'a séparé par exemple des écrivains de l'éditeur V, c'est qu'ils pensaient en premier lieu que ce monde moderne était mauvais. C'est qu'ils pensent en premier lieu que ce monde présent est détestable

// Il s'installe dans un café, a l'impression d'être entré dans un bus, les gens ne s'y parlent guère davantage

// Sur une télé d'info, une dite spécialiste de la culture déboule avec le livre de machin, auteur qui vend des millions d'exemplaires. Elle brandit le livre présenté comme le dernier machin sans autre info que ça, qui reste ainsi à l'antenne trente secondes au moins, comme s'il fallait faire encore un peu plus de publicité à un produit déjà super propulsé... Propagande, manipulation ou corruption ?

// De bon aloi de dire que l'Occident ceci cela, qu'il n'aurait en tout cas pas de leçons à donner etc. En ce moment, les femmes savent bien que c'est plutôt en Occident qu'elles peuvent trouver leur dignité autant que leur liberté

// Le paradoxe du roman : se lire comme un roman. Même plus : être le roman de l'été qui va cartonner et être populaire avant même de sortir... Et pourtant, en un premier temp, les grands romans effraient le bourgeois

// « On aura beaucoup gagné si, le samedi, des jeunes lycéens se disent : "Si on allait au lycée faire tourner le ciné-club, la salle de spectacle, les équipements sportifs"... » Selon des sources concordantes d'information la phrase est du président français dont l'objectif est de faire du lycée « un lieu de vie et pas seulement d'apprentissage, ouvert "en dehors des strictes heures de cours, le week-end et pendant les vacances »

// Quelque 21.400 sites de baignade -dont 3.312 en France répartis entre 1.968 sites côtiers et 1.344 en rivière ou lac- ont fait l'objet d'une surveillance pour établir ce rapport européen, qui fait ressortir une nette amélioration de la qualité de l'eau en Europe au cours des 20 dernières années

// « Lui, c'est la personne la plus contemporaine que je connaisse, dit Zaza qui se reprend : même "la" personne contemporaine ! » Pourquoi, les autres, non?

// A la rentrée prochaine, la Californie passera des livres de classe à l'enseignement en ligne

// Les dépenses militaires à travers le monde n'ont jamais été aussi importantes, elles ont augmenté de 4 % en un an, atteignant le niveau record de 1 464 milliards de dollars...

// Entendu je ne sais où que Facebook serait plus dangereux que les neurosciences pour le cerveau ? Pas plus ni moins. Pourtant les deux devraient être capables d'évacuer de la paranoïa

// Le métissage dans mes livres? Non, pas spécialement, les personnages y sont indifféremment des humains

// RFI en grève, la radio internationale nous manque, comme elle doit manquer à pleins d'auditeurs, la nuit le jour, de par le monde... Une demande de médiation indépendante est présentée par les syndicats, ce qui devrait pouvoir se faire tout de même !

// Election présidentielle ce dimanche en Mongolie, pays où les noms de famille avaient été supprimés dans les années 1930 (rétablis en 1990)

// Le réchauffement climatique est avéré, mais il n'y pas de lien avec les fortes pluies et orages qui se sont abattus ces jours derniers sur le pays, affirme un ingénieur de *Météo-France*

// Certains psychanalystes disent que le monde moderne a opéré un détournement d'attention à l'égard du symbolique. On peut dire aussi qu'il nous a rapproché du désir ou bien de sa réalisation...

// Le nouveau virus est ultra-compétitif et chassera tous les autres virus de la grippe. En janvier, il n'y aura plus que du H1N1 sur la terre, selon Antoine Flahaut, épidémiologiste

// 9 mai, journée de l'Europe, pas le goût des journées ni des commémorations, mais l'envie de plus plus d'Europe ! (Alvigna)

// « Le vrai monde, celui que nous proposons au public pendant un temps simplement suspendu comme une parenthèse, c'est le monde que nous avons vu passer comme "réel" chez chacun d'entre vous - sinon je vous assure que vous ne seriez pas là ! C'est un monde de civilisation, de raffinement, de beauté, de grâce, d'humanité, de joie, de sensualité, de disponibilité, de grandeur (sentiments nobles), de compassion, d'amour, de générosité, de dilapidation des richesses (parce qu'il y en a pour tous !) de lumière, de réel, de grâce, de royauté, de liberté, de masculinité, de féminité, d'honneur, d'ouverture, de splendeur, de musique, d'art, d'harmonie, de poésie, d'amour, etc. » (Yves-Noël Genod)

// Le projet du nouveau métro automatique de 130 kilomètres autour de Paris est prévu pour fonctionner 24h sur 24, 7 jours sur 7, donc année sur année. Cela devrait changer notablement la vie des habitants, à croire que les horaires jour/nuit étaient liés aux travaux des champs et/ou à l'absence de lumière artificielle

// « Les talibans veulent imposer leurs vues religieuses à l'ensemble du pays, explique un ancien chef de la police pakistanaise. Ils sont une menace pour le système constitutionnel, les partis libéraux et les droits de l'homme au Pakistan »

// Une jolie jeune femme, installée sur une terrasse au bord du Bosphore, le visage ensoleillé des rayons du soir, dit combien elle aime sa culture, combien elle voudrait qu'elle se conserve et se perpétue. Mais pas l'ignorance, ajoute-t-elle

//Dans le projet de Jean Nouvel sur le Paris futur, l'architecte Frank Gehry propose de doter la tour Montparnasse d'une chevelure poétique et surtout de lui donner trois tours soeurs plus petites qu'elle, ce qui devrait remplir un peu son parvis si peu accueillant

mai 2009

// « Nous sommes la première génération qui a le pouvoir de détruire la planète », estime N. Stern. C'est aussi la première à croire pouvoir prendre en charge le climat, ce qui était l'affaire de Dieu seul depuis toujours

// Qu'arrive-t-il donc au soleil, plus de tâches solaires depuis un temp inhabituel, un vent solaire des plus faibles jamais constatés, un étrange calme sur notre étoile qu'on n'aurait pas observé depuis un siècle ? Vous me direz qu'un siècle à l'échelle du soleil, c'est à peine un soupir d'amour

// Réflexion de coin de rue: « Même les retraités se mettent à la colocation, pas normal ça... A la retraite, normalement on a une maison et tout, vraiment quelque chose qui ne va pas »

// Une phrase entendue plusieurs fois parmi les bavardages radio-télé : « De toute façon, avant, y avait rien ! »

// Elément de diatribes de gens (hommes ou femmes) politiques : J'aurais aimé, cher Monsieur, que votre perspicacité s'en avisât (sic)

// Semaine après semaine, les gens du FMI diffusent mondialement de sombres prévisions, et de préférence des prévisions encore plus sombres d'une fois à l'autre, comme s'ils ne savaient pas que toute nouvelle est forcément agente économique

// A dix heures trente-et-une vingt-trois secondes du matin, un homme commande une verveine d'un air grave, une femme revient sur ses pas s'exclamant « ça m'énerve d'avoir perdu la bague de ma grand-mère », un jeune homme s'écrie : « merde, j'ai plus de batterie »...

// Un député de Paris lance une campagne contre le "troisième ventre", il veut dire le troisième enfant qui couterait trop cher en carbone

// Un académicien, grand clerc, estime que nous sommes dans l'ère du virtuel, mais un virtuel au service du mensonge. À quoi mène l'Académie !

// Voici donc qu'enfin ici ou là (en Allemagne ou aux USA), après la sortie de la traduction du livre "Les Bienveillantes" (pas bienveillant du tout), on s'interroge sur les raisons bizarres de son énorme succès critique et commercial en France

// Perversion de l'humain, les crimes d'honneur étant désormais réprimés en Turquie, alors il est fait pression sur les femmes pour qu'elles se suicident

// Pas parce que les spécialistes de toute discipline sont de plus en plus spécialistes et que leurs connaissances sont de plus en plus pointues, qu'on doit en devenir des déprimés malades de la vie

// La crise ? Une perte générale de confiance en l'humain

// Je parle tout seul dans la rue, je ferais mieux d'écrire

// Il semblerait bien naturel désormais que les humains se débrouillent pour fabriquer leur énergie sans devoir la capter dans les entrailles de la Terre

Avril 2009

// Nous vivons une époque de perpétuelle nostalgie, lit-on dans *The New Yorker*, la preuve, un philosophe prône un retour au sacré pour nous sauver de la modernité technologique.

// Se rapproche / sera proche

// A défaut de savoir où se trouve précisément la conscience dans le cerveau, on vient de détecter un chemin d'activité cérébrale sur quoi on a pu mesurer expérimentalement le temps du trajet de la conscience...

// Un premier engin (sur cinq à venir) GOCE (Gravity field and steady-state Ocean Circulation Explorer), conçu par l'agence européenne ESA, s'installe à basse altitude -250 km- pour observer la Terre sous toutes ses coutures...

// 7 personnes viennent de rejoindre pour quelques jours les trois occupants de la Station spatiale internationale (ISS) qui, située en position satellite à 450 km, fait 15 fois par jour le tour de la Terre

// Le salon du livre 2009 de Paris à été inauguré par la secrétaire d'État à l'économie numérique, provocation ou prémonition ?

// Après 20 ans de guerre, il reste encore plus de 200 000 déplacés dans le nord de l'Ouganda tandis que les combats continuent dans l'est

// La disparition de Dieu qui serait la grande crainte du pape Benedict XVI (selon un journaliste catholique)

// Le Livre de l'intranquillité, publié plus de 50 ans après la mort de Pessoa, n'est disponible en France qu'en édition brochée à plus de 25 €. Un peu choquant qu'il n'y ait pas d'édition à bas prix, d'autant que Pessoa a vécu toute sa vie avec peu d'argent...

// Augmentation de la température en France de 1,3 degrés entre 1980 et 2000... Pas de réchauffement auparavant, jamais arrivé ? Si, au Moyen Âge, et à l'époque romaine, selon Emmanuel Le Roy Ladurie. Déjà eu des réchauffements oui, mais jamais autant d'émissions -croissantes, surtout depuis 1950- de différents gaz dans l'atmosphère dont le fameux C02

// L'expression en vogue: ce n'est pas le moment, pas le bon moment, vraiment pas le moment...

// Pessoa était-il homo, hétéro ou multisexuel ? Ou bien il n'avait aucune activité sexuelle, préférant vivre sa sexualité dans l'écrit tout comme il n'a quasiment voyagé que dans ses textes

// Donc le CEA exerce une mission de surveillance des objets météorites éventuels qui se mettraient à pleuvoir sur la France, en particulier sur les centrales nucléaires!

// Dix mille personnes qui manifestent "spontanément" leur soutien au président soudanais, qu'est-ce donc comparé aux 2 ou 3 millions de manifestants qui défilent parfois dans les villes de France pour obtenir l'abrogation d'une loi

// En France, la récession serait donc plus importante qu'en 1993 (-0,9 %) et au moins aussi forte qu'en 1975 (-1 %). Aux Etats-Unis, la production s'est contractée de 6,2% au dernier trimestre de 2008. Jamais une telle baisse d'activité économique n'y avait été enregistrée depuis l'hiver 1982

// Selon la radio *France Culture*, le parti socialiste organise un brouillage téléphonique durant les réunions de son bureau national (dans le 7e arrondissement de Paris) pour empêcher les communications à l'intérieur ou vers l'extérieur !

// Ecrire le foi (l'organe) et la foie (croyance) serait clairement plus logique.

// Statistiques pour la France, selon Emmanuel Le Roy Ladurie : En 1779, la canicule provoque 200 000 décès, en 1859 une autre canicule fait 100 000 morts, en 1911 id, 40 000 morts (contre 17000 en 2003)

// De retour de San Francisco, il ne faut pas regarder par exemple les horribles tourettes qu'on aperçoit depuis le périphérique Est de Paris, mais continuer de visualiser dans sa tête les buildings de San Francisco et leur folie imaginative...

// « Vous y viendrez vous aussi, comme tout le monde, vous verrez... »

// La libération comme constante des jours, se sentir plus libre qu'hier, écrire son corps dans l'amour, se sentir leste, entendre l'autre, avoir du plaisir à donner du plaisir

// Deux ou trois choses qui sont proches de l'orgasme : l'éternuement, le bâillement... Et la troisième? Non, je t'assure, ce n'est pas l'étirement...

// A une époque, dans certains couvents, il était interdit de lire la Bible

// Ce qu'on peut penser, c'est que toute une part d'humanité ancienne, qui est en nous, est vouée à laisser place à une humanité à construire, en train de survenir...

// Dans la série, accroissement des connaissances à vitesse V, une équipe de chercheurs vient de décrypter 60% du génome de l'homo néanderthal vivant à peu près 50 000 ans en arrière

// Pour être entendu... Pour parler, intervenir dans les canards et les télés, sortir un livre, il faut quand même avoir une pensée plutôt moyenne, ou professer une opinion médiane, genre balancer des trucs censés être en résistance à tout ce qu'il se passe, et puis avoir l'air un peu scandaleux, en réalité être quasiment ordinaire (Victor Cherre)

// On en aurait plus que pour sept ans avant qu'il soit trop tard, redisent les scientifiques du Giec. Pour sauver la Terre ? Mais je crois bien que c'était déjà annoncé l'année dernière

// Il voulait poétiser la vie plutôt que le contraire

// Un établissement scolaire ouvre une adresse e-mail (absences@lyceexxx) pour prévenir les familles des absences de leurs enfants. Mais n'en ouvre pas pour que les familles ou les élèves puissent contacter le professeur principal ni bien entendu les professeurs

// « Le papier demeure un support privilégié, la preuve, dit Marcel Gauchet, dès que vous découvrez un texte intéressant sur le Net, vous l'imprimez ». En fait, une démarche à l'ancienne, de plus qui n'est guère numérique ni écologique. Le plus simple est de le lire sur écran et/ou de l'enregistrer en mémoire. D'ailleurs c'est ce qui se fait désormais

// Avec le "culturellement correct", on assiste à l'empêchement d'émergence d'une nouvelle culture

// Voilà une personne que je n'avais pas revue depuis des années et qui cependant était venue me faire perturber cette nuit dans un de mes rêves (Alvigna)

// L'une des pratiques du net consistant à présenter les dernières infos en tête de liste fait que le récit en est contrarié. Puisqu'on est amené à lire la fin avant le début, donc d'abord ce qui suit ce qui précède...

// Sous l'inquisition une faveur accordée, si on renonçait à son hérésie, était d'être étranglé avant que les flammes brûlent entièrement le corp

// « C'est ce que semble être Obama sur le plan politique : un blanc libéral qui s'est fait bronzer » dit le philosophe Slavoj Zizek (*Le Monde* 31/01/09) que j'ai vraiment du mal à citer parce que je n'écrirai jamais des choses comme ça, ni ne pourrai même les penser

// Que font donc l'ensemble des gens connus de ce pays ? Ils préparent à longueur de temps des divertissements pour les inconnus que sont les gens

// Ce que les petits copains de Sollers appellent "l'invivable contemporain" n'empêche pas, il le déclare, qu'il ne voudrait pas vivre à une autre époque

// Les structures conditionnantes sont efficaces longtemps, on peut même dire qu'elles ont la vie durable !

// Des centaines de mouettes propulsées depuis la côte Atlantique par les rafales de la dernière tempête se sont retrouvées en Suisse, éperdues c'est sûr

// Ridicule cette manière qui perdure de déclamer les adresses de site : doublev doublev doublev point ratp point fr, suffit de taper ratp ou libération (et même libé par exemple) dans la fenêtre du navigateur...

// Je suis triste mais peut-être est-ce le monde qui l'est. Donc je ne sais pas si c'est le monde qui est triste ou seulement moi

// L'homme de hiérarchie m'a dit "à bientôt", comme il le dit d'habitude en serrant la main d'un collaborateur. Pourtant j'étais venu le voir en ami

// Ce matin je cherche fébrilement à retrouver un passage précis dans un livre mais j'ai beau feuilleter pages après pages, aller revenir du début vers la fin ou le contraire, je ne le trouve pas. La rage m'en prend, sachant qu'avec l'outil de recherche numérique je l'aurais trouvé tout de suite

// Crier dans le désert ou écrire sur le net ?

// Le président Obama est un vrai Afro-américain. Pas pour signifier "noir", au sens positif du politiquement correct. Mais parce qu'il est métis, de père africain et de mère américaine. Du coup il est tout autant Americano-africain qu'Afro-américain

// Que la nature est conne ! me suis-je écrié dans une colère montante due à l'entêtement coriace d'un enfant d'ordinaire pas spécialement retors

// Il m'assène ce raisonnement : « Le bon croyant, il donne ce qui lui importe le plus, lui coute le plus, ce qu'il aime le plus »... On pourrait dire aussi : Une bonne personne est celle qui offre ce qui fait le plus plaisir à l'autre. La première position est géocentrique, la seconde héliocentrique

// Les hommes d'affaires parlent à moitié anglais, je ne vois pas pourquoi je n'écrirai pas un français d'aujourdhui

// Étonnant que le public le plus fan de Duras soit un public de culture homosexuelle alors qu'elle était si complètement hétéro

// Depuis toujours, ou bien surtout depuis quelques années, la France met régulièrement en place des législations répressives pour contrer les agissements de toutes petites minorités, sauf que dans la réalité elles s'appliquent ensuite et désormais à la majorité...

// Dans *Le Monde des Livres*, à propos du dernier livre de Sollers : « Une défense de la pensée, contre la volonté commune de réduire les écrivains à des raconteurs d'histoires » Bien parce que c'est lui, qu'il a droit à cette remarque !

// En anglais, personnage s'écrit avec un seul n : personage. Pourquoi pas en français également, mais alors il faudrait écrire persone avec un seul n ?

// L'arrivée en l'an neuf, c'est le décollage prévisible de la géo-ingénierie : cultiver les océans, ensemencer le ciel, exploiter l'atmosphère

// Quels livres emporteriez-vous donc sur une ile déserte ? En tout cas, surement un des ces nouveaux lecteurs de livres numériques qui peuvent en stocker mille de livres, au moins, et demain davantage... Bien sûr il ne faudrait pas oublier le chargeur de batterie solaire

janvier 2009

// Une directive européenne va imposer de réinjecter les vapeurs d'essence qui parfument les station-services en retour dans les cuves d'où elles sortent. Fini de pouvoir les humer entre deux cigarettes

// Dans certaines boites innovantes, les cadres peuvent travailler où ils veulent et pas forcément venir au bureau, du moment qu'ils apportent régulièrement des idées et des projets élaborés. Ce qui peut-être tout autant une voie vers une liberté nouvelle ou bien vers un travail 24h sur 24, toute l'année, à vie

// On croyait être sauvés avec les panneaux solaires et voilà qu'on apprend que leur fabrication nécessiterait l'utilisation d'un gaz, le trifluorure d'azote « 17 000 fois plus nocif pour le réchauffement de la planète que le dioxyde de carbone »

// En tout cas savoir changer la pile de sa carte mère, c'est à dire... savoir changer la pile de la carte mère de son ordinateur

// La prise en main du climat de la Terre par les humains est une grande nouveauté dans l'histoire car jusqu'à maintenant c'est Dieu qui s'en occupait. Toute la question est de savoir si on penche vers la culpabilisation du développement de l'humain ou si au contraire on le privilégie

// Une base scientifique en antarctique, filmée par Werner Herzog, ressemble ainsi qu'il le dit aux installations d'un bassin minier. Le pire à imaginer est qu'une base sur la Lune ou sur Mars pourrait être de ce type-là. Espérons que les humains vont carrément esthétiser leurs matériels de conquête

// « En numérique les gens prennent des photos, enregistrent des vidéos, mais ils ne les regardent plus », dit un conservateur. Sauf que de plus en plus de gens les mettent en ligne, et pas seulement sur Facebook

// On finirait par croire qu'il a toujours existé, l'ordinateur personnel, ou bien qu'il n'existe pas depuis si longtemps. Déjà 40 ans pourtant qu'un prototype de ce qui allait devenir le PC, avec un coffre et une souris en bois, était présenté à San Fransisco par un certain Douglas Engelbart

// Frayeur à Venise ces jours-ci, la mer s'est élevée à 1,56 mètre au-dessus de son niveau normal. En fait ce n'était pas arrivé depuis 22 ans, février 1986, la mer était montée à 1,58 mètre, mais pire en décembre 1979, 1,66 mètre, et le 4 novembre 1966, 194 centimètres...

// Des institutions comme l'Académie française sont faites pour nous lier au passé alors que chaque jour nouveau est un peu notre avenir à quoi s'arrimer

décembre 2008

// Au Centre Pompidou, la présentatrice d'une des séances de 5 ou 6 films d'un festival dit qu'elle va s'exprimer en anglais par respect pour un des réalisateurs présent qui ne parle pas français... Le public tout aussi présent ne dit rien, sauf qu'à un moment du fond de la salle une femme crie « on entend rien », l'animatrice se rapproche du micro et du coup se remet à parler français.

// « Je ne sais pas si vous avez vu l'émission sur *Arte* mardi soir, ce n'était quand même pas très réjouissant », ne devrait nullement constituer le moindre commencement d'un argument de raisonnement

// « Menaces sur la fertilité humaine », titre la presse. Oui mais les experts disent que la cause principale de mortalité durant ce siècle restera le tabac, l'impact des "perturbateurs endocriniens" que sont certains produits chimiques étant faible pour l'instant, sauf chez les gens exposés professionnellement

// Humour des robots en librairies électroniques, sur l'une d'elles, au-dessous de la présentation du "Pont d'Algeciras", figure la formule: Ceux qui ont lu ce livre ont également aimé les livres de... Levy, Musso !

// « Cinq ans, c'est trop peu pour venir à bout de siècles de culture dominante » déclare une ministre marocaine à propos de la difficile application du nouveau code de la famille (Moudawana) qui accroit les droits des femmes sans toutefois supprimer complètement la polygamie ni le mariage des très jeunes filles

// Des pesticides détectés dans du raisin de table. Dans ou sur ? Telle est la question à quoi une enquête récente ne parait pas répondre. En effet les échantillons d'1 kg de raisin, achetés dans 5 pays européens, ont été conditionnés (?) et congelés, puis envoyés sous emballage au laboratoire. Donc apparemment sans être lavés comme le font beaucoup de consommateurs avisés

// La déprime totale, le pessimisme complet des gens comme Claude Lévi-Strauss pour qui ce qu'est devenu le monde est une horreur qui semble conduire à la barbarie ou, pire, à la négation de toute signification. Et pourtant, jamais autant l'écrit et la pensée n'ont été diffusés

// Le Burundi vient d'adopter un nouveau code pénal qui punit désormais la torture et le viol et qui surtout met fin à la peine de mort. Ainsi, sur 192 pays, 130 ont donc aboli la peine de mort ou cessé d'exécuter des condamnés à mort. Encore une soixantaine de pays à décider, mais c'est un grand progrès historique qui aurait tout simplement ébahi nos vieux ancêtres

// Les grandes expositions signifient des queues interminables même pour qui a réservé... La « com » officielle dit que les files d'attente pour la dernière en date -Picasso et les maîtres- « diminuent drastiquement à partir de 20 heures », le temps d'attente se réduit alors à vingt minutes. Quel courage il faut ou quelle docilité ! Et toujours pas de visite virtuelle en ligne pour s'en remettre

// Cent ans il a fallu pour qu'un milliard d'humains disposent du téléphone, seulement cinq ans grâce au mobile pour le second milliard, combien de temps pour le troisième milliard ?

// Les émissions de gaz à effet de serre reparties à la hausse, selon un titre paru dans toute la presse. En fait les émissions de quarante pays industrialisés ont globalement baissé de 4,7 % sur la période 1990-2006. Mais surtout entre 1990 et 2000, car depuis il y a eu une reprise de la hausse dans certains pays, sans toutefois compenser les réductions antérieures...

// Dans la série "Accroissement des possibilités", on peut désormais écouter sur le net de la musique en tous genres comme sur un mega giga juke-box... On peut également feuilleter en ligne les premières pages de livres récents avant de décider ou non de les commander, en numérique ou sur papier, par internet ou bien chez le libraire du quartier

// Pas moins de sept participants à la réunion du G 20 (si l'on y inclut la Turquie) représentaient l'Europe géographique, et un seul pour le continent africain (l'Afrique du sud). L'européocentrisme est bien vivant !

// Construire un avion de 800 places, c'est programmer 800 morts, dit Virillio. Sauf qu'en un an ce sont 700 000 voyageurs qui ont voyagé sur les quelques appareils en service

// L'écrivain Douglas Kennedy ne s'autorise à sortir de chez lui qu'après avoir écrit au moins mille mots, s'il le faut il refait du café, descend les escaliers, les remonte, écoute de la musique, fait les cent pas dans la maison mais ne sort que si...

// L'horrible poids des coutumes, en Albanie, la dette de sang consistant à répondre des meurtres de ses pères peut s'étaler sur 7 générations... En fait une histoire d'hommes, en ce qu'elle touche tous les milieux, religions et positions sociales indifféremment

// Seulement 55% des adhérents du parti socialiste ont participé au vote sur les motions en préparation de leur congrès, étrange pour des militants

// L'Académie française, drôle malgré elle, vient d'élire en remplacement du défunt cardinal de Paris, un spécialiste de Descartes. La raison y aurait donc gagné. Encore que les spécialistes des auteurs ou penseurs sont généralement très en retard par rapport à leur sujet d'études

// On ne représente pas dans les manuels scolaires la société telle qu'elle doit devenir, regrette le président de la Halde, chargée de lutter contre les discriminations... si ce n'était que dans les manuels !

// Un logiciel d'entrainement à l'orthographe s'appelle "Voltaire", bien. Pourtant le grand Voltaire a bagarré ferme un partie de sa vie pour déclencher une réforme de l'orthographe, lui qui écrivait: « L'écriture est la peinture de la voix : plus elle est ressemblante, meilleure elle est »

// Dans le nouveau code pénal iranien, le témoignage d'une femme devant un tribunal ne vaut que la moitié de celui d'un homme, l'âge de responsabilité pénale est de 15 ans pour un garçon contre 9 ans pour une fille

// Tombé dans "l'escarcelle" a été à nouveau l'expression favorite de nos bons présentateurs comme à chaque soir d'élections ou de rencontres sportives, il s'agit d'une grande bourse portée autrefois à la ceinture... L'Ohio, le Colorado, tombés dans la bourse d'Obama, non ça ne le ferait pas !

// 1 milliard d'humains souffriraient de la faim dans l'année qui vient. Pourtant la récolte de 2008 sera exceptionnelle, sans doute la plus massive de tous les temps

// Le cerveau humain opère à une vitesse tellement lente par rapport à n'importe quel ordinateur, mais il fonctionne de façon massivement parallèle

novembre 2008

// L'OMS prévoit une augmentation des décès dus au sida de 2,2 millions en 2008 à un maximum de 2,4 millions en 2012, avant de diminuer à 1,2 million en 2030. Les prévisions précédentes estimaient qu'ils atteindraient 2,8 millions en 2012 et 6,5 millions en 2030

// L'animatrice d'une émission littéraire à la radio culturelle, en réponse à un auteur qui renvoie à son site internet, lance : « justement on a regardé hier, on l'a pas trouvé »... L'auteur patient rappelle son adresse en www. Elle persiste, non ils n'ont pas trouvé... Retard numérique ou indigence intellectuelle ?

// Les rapports de la *WWF* sont toujours alarmants. Le dernier en date provoque ce titre de presse : Il faudrait une seconde Terre en 2030 pour fournir les besoins en ressources naturelles. C'est dans tout juste 20 ans. Autrement dit, on est cuit, donc c'est alarmant pour rien, communication contreproductive

// Le tsunami qui a fait 230.000 morts en décembre 2004, dans 14 pays, était le plus important raz-de-marée survenu dans l'Océan Indien au cours des 600 dernières années, selon deux nouvelles études géologiques publiées jeudi dans *Nature* (le dernier raz-de-marée d'une ampleur comparable s'étant produit entre les années 1300 et 1400)

// Le robot des librairies electroniques a de l'humour : « Vous avez choisi un livre de Stendhal, soyez prévenu des prochaines sorties de Stendhal »

// Une erreur dans une décision de justice, "infirme au lieu de confirme" fait qu'un récidiviste présumé est remis en liberté. Difficile de comprendre pourquoi le magistrat concerné ne peut pas dans l'heure qui suit produire une décision corrigée. Dans la pratique du net, si un mail comporte une erreur, il suffit d'en renvoyer un autre corrigé, c'est ce dernier qui est considéré comme le bon. Le monde analogique est lourd !

// Le dictionnaire *Robert* dans son édition 2009 propose la nouvelle orthographe pour 6000 mots, mais a jugé trop sensible la quasi suppression de l'accent circonflexe sur le i et le u. A noter le retard sur les correcteurs d'orthographe en ligne, par exemple celui proposé par Mozilla (Firefox et Thunderbird) : si l'on écrit plait, connait ou diner, il ne corrigera pas plus que si on met l'accent

// Bonne nouvelle, le pouvoir au pouvoir en Iran a décidé de mettre fin aux exécutions des mineurs. Ce qui veut dire qu'il y en a eu toutes ces dernières années et tout récemment encore

// Ecrire un sans-papiers, un sèche-cheveux ou bien des sans-abri relève d'une logique religieuse. On comprend bien que l'un n'a pas ses papiers ou qu'un séchoir ne peut pas sécher un seul cheveu et que d'autres n'ont pas d'abri. Mais en logique formelle, on écrira : un sans-papier pour parler d'un type et non de tous les papiers qu'il n'a pas, des sans-abris (ils sont plusieurs à être sans-abri) ou un sèche-cheveu (il y a un seul engin, ce singulier portant d'ailleurs le pluriel ancien de chevel)

// Quand je m'étais mis à écrire les "infos" au lieu d'informations, mon patron de l'époque avait dit non, ce n'est pas possible, on ne peut pas mettre une abréviation au pluriel. Plus tard il avait laissé tomber et comme tout le monde il avait dit les infos, de même qu'on dit la télé, le ciné, l'auto, l'apparte, le frige. Ensuite il s'était mis à parler de l'ordi, sans doute pour faire comme les jeunes gens... Et même à parler des ordis pour dire tout le mal qu'il fallait en penser selon lui

// « There is an enormous peer pressure for confirming existing dogma » (anonyme)

// Le Nobel de littérature attribué à Le Clézio, bravo, carrière d'écrivain réussie sur toute la ligne (les télés disent qu'il vit au Mexique, Wikipédia annonce que c'est au Nouveau Mexique USA. Et lui, qui doit le savoir, parle d'un village, resté rural, au Mexique). Son message est qu'il faut lire des romans. Mais son message de fond c'est surtout que depuis les années 1950 on a tout détruit... Je ne me sens pas proche de sa nostalgie des mondes premiers, sans doute parce que je cherche vers l'avant, non dans le sillage ancien

// in *The New York Times* : « The Alsace-Moselle region is the great French exception... »

// Picasso géant de l'art, on savait, mais qui ne serait pas si révolutionnaire que ça, en fait serait ancré dans la tradition, c'est plutôt nouveau... Sauf que ce n'est sûrement pas un jugement d'artiste ni de créateur

// Le drame de notre époque, dit l'un, c'est qu'on reçoit des milliers messages à longueur de journée (infos, pubs, courriers, textos etc.)... Oui, le drame de notre époque, répète l'autre... Voilà un et un qui préfèrent le désert (le drame étant de n'y rien recevoir) ou bien les pays de propagande (le drame y étant que la censure censure)

// Réglons deux ou trois choses. Je ne suis pas du genre à dire que je ne m'ennuie jamais, ni que si je devais tout recommencer je ferais exactement la même chose, non. Il arrive que je m'ennuie, c'est vrai, mais je ne m'ennuie pas à m'ennuyer... Quant à la deuxième chose, ma réponse est évidente, il est impossible de refaire pareil ce qu'on ne peut pas recommencer

// La modernité, c'est l'accroissement des connaissances ou surtout l'accroissement des possibilités. Quoi, par exemple? Eh bien, avec une télécommande on peut savoir quel programme on regarde, quel. est le réalisateur du film en cours etc. Ou bien, si l'on veut écouter une émission de France Culture, on peut le faire sur le net sans être obligé de se coller l'oreille au poste à une heure précise

// Exemple de ce qui est devenu complètement out, qui n'est vraiment plus possible à écrire ni à entendre, ce texte de Breton dans le "Second Manifeste du surréalisme" (1929) : « L'acte surréaliste le plus simple consiste, revolvers au poing, à descendre dans la rue et à tirer, au hasard, tant qu'on peut dans la foule ». A noter, sans mettre en cause l'oeuvre ni la personne de Breton, qu'il était particulièrement fier du pluriel accordé à revolvers.

// Le goût particulier qu'ont les romanciers pour ce qu'ils persistent à nommer des concierges et que certains appellent désormais des gardiens. Exemple récent d'un auteur arguant que son carnet d'adresses -dont il a tiré un livre- n'avait pas d'importance et qu'à la limite celui d'un gardien d'immeubles aurait été plus intéressant

// Le 27/02/08 : A court terme, les analystes estiment que le marché des céréales et des protéagineux va rester en ébullition et prédisent une montée des cours du soja jusqu'à 20 dollars et de ceux du blé à 15 dollars... Le 03/10/08 : A Chicago, le contrat sur le blé a perdu 33,75 cents, à 6,36 dollars, le soja est descendu sous le seuil psychologique des 10 dollars, bien loin de son sommet atteint début juillet, au-dessus de 16 dollars...

// Le nombre d'heures d'enseignement a régulièrement diminué depuis plus d'un siècle tout comme la durée du travail pour les adultes. Autrement dit les courbes de diminution de l'emploi du temps des parents actifs et des enfants écoliers sont comparables

// Dans les pays de dictature, internet est ou a été plus ou moins interdit, et soumis à autorisation (Corée du nord, Cuba). Il le reste encore dans certain pays, au moins contrôlé ou partiellement censuré (Birmanie, Chine...). La question est de savoir comment internet aurait pu se développer si la Terre n'avait été qu'un pays de dictatures ?

octobre 2008

// Parmi les engagements d'un candidat à la présidence du sénat, un argument apparemment massif et déterminant : qu'il s'occuperait personnellement d'assurer la réelection (en 2011) de chacun de ses collègues...

// Enfin une réponse d'un connaisseur à la question : A qui profite le grand nombre de nouveautés lors de la rentrée littéraire? « En premier lieu à l'éditeur, explique Pierre Assouline, car certains font de la cavalerie en profitant du système des offices qui leur permet de placer et d'encaisser des livres d'office chez les libraires, et de gagner du temps en trésorerie avant que ceux-ci puissent les leur retourner. » C'était bien de le dire, même si ça restera peu connu du public. Ou incompréhensible

// Alors qu'une loi interdisant la pratique de l'excision a été votée, une femme égyptienne en âge d'être grand-mère s'écrie : « Mais si la femme n'était pas excisée, alors elle serait excitée tout le temps, ce serait invivable »

// A la question d'un étudiant: « Pourquoi le peuple cubain n'a pas le droit de voyager à l'étranger ? », pas langue de bois, le président de l'assemblée cubaine répond que si les six milliards d'habitants de la planète pouvaient voyager partout, le trafic aérien serait complétement embouteillé

// Daniel Cohn-Bendit : « En 1968, il n'y avait pas de dégradation du climat ». C'est vrai qu'on n'en parlait pas ou peu. A certains égards pourtant, la pollution à Paris était plus importante que dans les années 2000

// Alain Kihm, linguiste: « S'il n'y a rien de mauvais à dire "la cité que je t'ai parlé" (correct en ancien français et dans bien des langues), il est recommandé, pour des raisons qu'on peut expliquer, d'écrire et dire devant certaines personnes "la cité dont je t'ai parlé". Il s'agit de les rendre bilingues, de leur apprendre le français "standard" comme une autre langue. » Alain Kihm parle des enfants qui pratiquent spontanément le français parlé des banlieues. En fait tous les enfants iraient logiquement vers ce « que je t'ai parlé ».

// Le *WWF*, citant des experts, affirme que cela fait presque trois siècles que les glaces hivernales « n'ont jamais été si peu importantes en mer Baltique ». Cela veut donc dire que ce n'est pas la première fois. Et donc même avant la révolution industrielle !

// De la barbarie des coutumes, la malédiction des albinos en Afrique voués à être massacrés, le tabou des jumeaux dans une ethnie malgache condamnés à être piétinés par le bétail local, avec en outre cette croyance selon quoi si une femme avait des jumeaux c'est qu'elle avait été infidèle

// Ray Kurzweil expects that the world will soon be entirely saturated by thought. Even the stones may compute, he says, within 200 years

2009

// La plus belle des perles : « Je ne suis pas moi de ces récitateurs des oeuvres d'autrui » (Leonardo da Vinci)

// De la pub partout, même sur les bus à Paris, pour le dernier livre d'un auteur international, intitulé "Quitter le monde"... Moi je revendique d'inventer le monde plutôt que de le quitter !

// Genre dans le truc hyper démocratique, le nouveau secrétaire du parti est désigné et puis, -quelle nouvelle !- le lendemain il est élu, ça s'appelle entériner. Etant entendu qu'il était désigné comme successeur depuis des années...

// Retour sur « Ma longue carrière d'imbécile » dont parlait Aimé Victorin dans "La Suive"... Au fond, c'est un véritable projet de vie : sortir de sa longue carrière d'imbécile !

// Une vraie perle, rapportée par le *Blog Wrath* : « L'anglais s'est tellement perfectionné qu'il est devenu une langue beaucoup plus adaptée à la création, à l'expression d'un style original, que le français » ose dire un éditeur d'une petite maison d'édition (je préfère ne pas citer les noms) qui avoue son gout pour la littérature anglo-saxonne

// Dire que la plupart des éditeurs n'aiment pas tellement les écrivains, parce qu'ils auraient aimé l'être, écrivain, ou qu'ils ne supportent pas de se sentir inférieurs à eux est certainement un cliché. Mais qu'ils préfèrent aller trouver des écrivains dans un ailleurs lointain ? Le grand exemple en la matière, c'était Tourgois, l'éditeur. Ceci dit tout le monde a le droit d'aimer la littérature de son choix, encore que pour ma part j'aime tel ou tel écrivain, indépendamment de son appartenance à une littérature

// « Chez nous, les croyants, la mort quand elle arrive c'est Dieu qui en décide », me rétorque cet homme à qui je venais de dire que l'espérance de vie ne cessait de croître

// Même si l'on sort de Facebook, les données personnelles sont conservées à perpétuité, dit horrifié un journaliste de LCI, ça fait peur, ajoute-t-il... Pourtant il me semble avoir entendu cet homme, il n'y a pas si longtemps, faire état du peu de fiabilité des supports de mémoire numériques

// Parmi les titres de librairie : "La fin du courage" est une bonne idée éditoriale qui cible les clichés les plus enfouis : avant oui les gens étaient courageux, maintenant non. Comme si il ne fallait pas du courage pour vivre sans certitude ni croyance, ni oukase, pour se trouver presque en état d'expérimentation de vivre !

// Cuba autorise depuis peu ses habitants à posséder un ordinateur personnel mais leur interdit d'avoir une connexion Internet à domicile (*Le Monde*, 7 juin 2010)

// « Nous devons considérer que nous sommes présentement dans une phase régressive de notre histoire » écrivait Edgar Morin (23/05/10). Mais pourquoi devrions-nous considérer cela ? Alors qu'on pourrait tout à fait dire que notre histoire a fait tout récemment un gigantesque bond en avant !

// Les événements sont le plus souvent mal scénarisés (Paul Alvigna)

// L'une des complications à quoi l'on doit faire face tous les jours sur le net, c'est celle des mots de passe. La moindre démarche chez un commerçant ou une institution nécessite un mot de passe que la plupart du temps on ne retrouve pas

// Un journaliste économique de BFM TV commente l'actu éco: « La méfiance interbancaire reprend, ça veut dire qu'il n'y a plus d'échange de liquidités et, ce qui pourrait arriver, c'est qu'il n'y aurait plus de cash dans les distributeurs »... "Bearish" maximal !

// L'info de ce matin, c'est que la mortalité infantile a fortement diminué ces dernières années dans le monde, en particulier dans les pays du "sud"

// Condamnation en 1616 par le pape Paul V de l'œuvre de l'astronome Nicolas Copernic, considérée à l'époque comme contraire aux Ecritures, depuis réhabilitée par le Vatican (presse)

// Bon, enfin, quand l'Etat de Californie a été en quasi faillite l'an dernier -et il n'en est toujours pas remis- personne n'a pensé qu'il fallait qu'il sorte de la zone dollar, et encore moins n'a prédit que le dollar allait disparaitre ! (Victor Cherre)

// C'est tout de même une bonne nouvelle, le rapprochement entre la Grèce et la Turquie, avec cette volonté de faire de la mer Egée un océan de paix, pourtant théâtre historique de toutes les légendes guerrières... On voudrait juste savoir quand ils vont se décider à tailler au laser leur budget militaire démentiel

// Un disciple de Lacan reprend une de ses thèses sur un au-delà qu'il y aurait à l'inconscient, selon lui, un point x ou plutôt un trou situé plus loin, après... Un disciple qui semble en être resté aux essais désespérés de cartographier l'âme mais pas du tout porté sur l'étude des barrettes de mémoire !

// La participation massive aux récentes élections anglaises (tout comme à la présidentielle française de 2007) montre bien que, contrairement à ce que radotent les politologues, il n'y a pas de crise de la démocratie... Simplement les gens votent quand cela leur parait important

// Plus on écrit sur le petit clavier du téléphone, moins les accents ont d'importance...

// Tel écrivain ambassadeur, qu'on appelle son excellence ou sa seigneurie ? déclare ne pas avoir de temps pour écrire... Il écrit cependant des pavés dont il parle avec des phrases qui commencent par « si vous voulez »... Et si on ne voulait pas ? Par exemple, entendre ses clichés, ses potins bancals, ses trucs pas pensés, ses racontages de gars de salon ? Il a toujours été rebelle, dit un journaliste, oui mais en choisissant de l'être de l'intérieur

// Aujourdhui on utilise Facebook, hier c'était Myspace, d'aucuns fonctionnent sur Twitter et sur des réseaux professionnels, demain il y en aura d'autres, mais le principe est acquis, on ne peut pas se passer de communiquer "ensemble"

// Le thème du rôle de résistance que l'école devrait tenir, ressassé une fois encore par le philosophe intégriste du samedi matin sur France Culture. Résistance contre la modernité, le numérique, le nouveau savoir etc. Ça justement qui rend fous les jeunes gens que l'école rejette tout ce qu'ils aiment, les textos, les réseaux sociaux, la communication rapide, les nouvelles logiques...

// Les débutants dactylos de la machine à écrire se servaient de leurs deux index pour taper, et aussi ceux qui n'arrivaient jamais de leur vie à taper avec leurs dix doigts (ou huit ou six). Désormais, c'est le pouce qui a pris sa revanche sur les écrans de mobiles... Le ou les pouces y assurent la frappe à grande vitesse !

// Le président français très content d'être reçu en Chine a salué généreusement le Président chinois en opérant une légère courbette, à quoi ce dernier n'a pas répondu, sauf à conserver sa raideur de circonstances, faisant ainsi de son hôte un simple vassal

// Les volcans révèlent la fragilité de la mondialisation... Ou bien, la mondialisation révèle la fragilité des volcans ?

// On aurait pu imaginer une téléconférence permanente, durant ces jours où les avions étaient "cloués" au sol ainsi que l'ont martelé les médias, de sorte que les ministres des transports s'entretiennent et prennent des décisions à tout moment. Non, ils ont beaucoup palabré pour savoir quand ils allaient se réunir... Pas une surprise, l'institution est toujours en retard. N'empêche que la vidéoconférence s'est pratiquée par ailleurs comme jamais à travers le globe

// La directrice de l'établissement scolaire répète : « Vous savez, la société est vraiment malade, vous savez... » Hélas elle ne se dirait pas : Ou alors ce sont les établissements scolaires qui sont malades. Ou simplement : ils ne sont plus du tout adaptés à la société présente

// Dans les cafés, les filles ensemble semblent heureuses

// Tu es sur Facebook, toi ?... Non, moi je résiste, elle répond !

// Dans quel domaine vous intervenez ? m'a demandé cet homme à qui on venait de dire que j'étais écrivain. Dans un domaine très large je lui ai dit, extrêmement large, celui de la littérature

// Le mot surgi comme ça, une désespérance positive, c'était la voie, la seule possible. En tout cas, si on ne voulait pas rester englué dans l'inertie générale

// Les méthodes abominables des armées colonisatrices. La honte pour toujours. Et pourtant on finira par les occulter tant elles semblent déjà inconcevables

// Alors les fameux râteaux de réception de télévision analogique devraient bientôt disparaître de nos vues citadines. Non, remplacés en partie par des râteaux de réception de télévision numérique

// Entendue à la radio une phrase de la manière contemporaine de retourner l'histoire à son avantage : « Avant la colonisation, les peuples mangeaient à leur faim, sans problème, en se nourrissant localement »

// Si l'on considère le nombre de textos (SMS, Short Message Service) échangés sur Terre entre les utilisateurs de téléphone mobile, et même si ces derniers représentent moins de la moitié de la population mondiale, on peut dire que jamais jamais l'humanité n'a autant écrit...

avril 2010

// On ne sait pas pourquoi la presse a tonné partout que le Front national avait été gagnant des élections régionales. En 2004 il était présent dans 17 régions au 2nd tour contre 12 en 2010, et il a finalement récolté 117 élus contre 154 en 2004. Et plus du tout d'élus en Ile de France

// « C'est comme tout ! » dit une voisine que je ne connais pas. Expression bidonnante, si l'on y pense bien

// A la télé parfois on voit des choses que les commentateurs ne commentent pas. Hier j'ai vu une image qui servait de fond à un commentaire sans en être l'objet. On voyait nettement la première secrétaire du parti gagnant de ce soir d'élections éperonnée d'un doigt de la main à l'épaule droite par un de ses seconds. Sans doute pour qu'elle se dirige vers un micro et dise ce qu'il fallait. Cette image m'a impressionné parce qu'au sens propre la dame était manipulée par cet homme de l'ombre, d'ailleurs ancien lieutenant d'une autre personnalité du parti, à croire que ce serait ce dernier qui tiendrait en main le parti

// Sans vouloir dénigrer les hommes et femmes politiques, on ne peut qu'être effondré par leur préoccupation constamment stratégique : comment arriver au pouvoir, donc comment gagner les élections, comment négocier avec des alliés tout en gardant la direction etc. Cette préoccupation stratégique reposant sur un mental d'attaque/défense, de certitude d'avoir raison et de pratique du ping pong, sans la moindre gêne à jouer de la mauvaise foi à temps complet

// La blague des spectacles plus ou moins ringards qui peuvent durer 3 ou 6 mois, et occuper la presse, versus les petits spectacles inspirés qui se jouent un jour ou deux comme ceux d'Yves-Noël Genod ou ce "On ne peut pas avoir écrit Lol V. Stein..."

// Ce qui est bien avec les portables maintenant, c'est qu'on peut parler tout seul dans la rue si on veut, les gens ne s'en étonnent pas outre mesure, ils pensent que vous êtes en train de téléphoner avec votre kit mains libres...

// 255 morts en février 2010 sur les routes de France, le chiffre le plus bas enregistré depuis les premières statistiques. De quoi se réjouir, en 1975 c'était plus de 1200 par mois. Mais ça reste encore pas très civilisé. Trois mois d'accidents de la route en France atteignent le nombre des victimes du dernier tremblement de terre au Chili

// Un jeune chercheur, à propos des inondations de bord de mer : « Pour l'instant on a des connaissances rustiques sur ce qu'on appelait les éléments (de la nature) quand ils se déchainent » (*France Info*)

// Les peintres n'ont plus l'importance qu'ils avaient jusque dans les années 1950

// La Chine doit créer 26 millions d'emplois nouveaux cette année pour fournir du travail aux nouveaux arrivants sur le marché du travail. Ça le plus détestable, le marché du travail, le vrai gros problème des sociétés modernes avancées...

// Hier, l'assemblée nationale française a voté de façon consensuelle un texte instituant "le délit de violence psychologique" dans le couple. Destiné à protéger les femmes victimes d'hommes violents, il pourrait tout aussi bien s'appliquer aux femmes harcelant psychologiquement leur mari-compagnon

// Progrès dans l'humanité ? Il y a 20 ans, les 2/3 des pays tenaient à la peine de mort désormais les 2/3 l'ont aboli. Un petit effort encore à faire, surtout de la part de ceux qui l'appliquent beaucoup et trop : La Chine, l'Iran, l' Arabie saoudite, l' Irak, les USA...

// Cuba : arrêté avec plus de 75 autres dissidents en 2003 et condamné à 25 ans de prison pour désordre, Orlando Zapata Tamayo vient de mourir après 80 jours de grève de la faim... En Chine : condamnation à 11 ans de prison d'un homme pour avoir réclamé la fin du monopole du parti communiste

// Un producteur de TV: « Même si je fais 5 millions de spectateurs le samedi, je sais qu'il y en a 50 millions qui ne regardent pas »... Ouf, ça remet les choses à de meilleures proportions !

// Découverte au nord du Ghana de figurines d'argile démontrant l'existence jusqu'ici inconnue d'une civilisation africaine préislamique remontant à possiblement plus de 1400 années en arrière

// Les vers de terre auraient de toute façon travailler la surface de la terre si l'homme ne s'était pas mis à l'agriculture (Paul Alvigna)

// Dépêche d'agence: « La violence scolaire augmente : Neuf Français sur dix estiment que les violences ont augmenté ces dix dernières années dans les écoles, selon un sondage Harris ». Type même de ce qui apparait comme une information et qui n'en est pas une. Est-ce que les violences ont réellement augmenté? On ne sait, personne ne peut l'affirmer (Presse 17/02/10). On sait juste que 9 sondés sur 10 pensent que la violence a augmenté. Et par ce sondage également que les parents sont de plus en plus inquiets pour leurs enfants. Ce qu'on peut affirmer, c'est que la sensibilité à la violence s'est considérablement accrue, ce qui n'est pas un mal finalement !

// « Je pensais au côté un peu inquiétant de nos vies branchées aux écrans et aux touches, tandis que pour Duras c'était encore le téléphone » (Edda Melon). Non, moi je trouve que c'est plutôt avant que c'était inquiétant, de n'être pas dans la communication, de ne pas l'avoir été

// Quoi que je puisse en penser, car le mieux ce serait de s'en passer, je n'ai pas la parano de croire que l'installation de la vidéosurveillance a pour objectif « d'habituer le citoyen à être surveillé » comme le dit J-P Dubois de la Ligue des droits de l'homme (*Le Monde* 10/2/2010)

// Entendu ou bien lu dans la presse que « avant 1970, la consommation de stupéfiants n'était pas un délit ». Oui, mais cette consommation était tout à fait marginale

// Il faudra bien se défaire des vieilles couches d'idéologie qu'on traine avec soi, comme les acteurs du théâtre de boulevard arrivent avec leur intonations avant même de connaître le texte à intoner

// Toute une tempête médiatique pour une bagarre d'adolescents, il est vrai ponctuée par une garde à vue, apparemment avec mise des menottes, bien inutile et détestable. La France est-elle un pays en guerre ou un pays futile ?

// L'étonnement ravi d'amis étudiants brésiliens à voir ici, à Paris, des gens qui lisent au café, dans le métro, ou dans la rue en marchant... C'était une petite note à destination de ceux qui ressassent que maintenant on ne lit plus

// Sophie D tenait le second rôle féminin dans mon film de long métrage "Fréquence perdue" (1982). Ensuite elle a fait toute une carrière au cinéma et nous nous sommes perdus de vue. Eh bien je suis heureux de la retrouver depuis une semaine sur des panneaux publicitaires sur les arrêts de bus et dans les vitrines des pharmacies. Très belle toujours, avec de très beaux yeux... Ce sont de ces images, même de publicité, qui décorent nos vies de chaque jour

// A la question : « Comment ça se passe ta psychanalyse ? » on ajoute désormais : « Et comment va l'autre ? Le mari, la femme, le compagnon, la fiancée... »

// « Oui, vous avez bien lu, BHL célèbre sa propre fille devant son pote-journaliste-de-Transfuge. Ce n'est pas un hasard si la photo de couverture (de ce magazine) a un petit côté nord-coréen : la presse littéraire française montre le même degré d'esprit critique que les organes officiels made-in-North-Korea... » (*Blog Wrath*, site "survivre dans le milieu hostile de l'édition")

// A la cubaine : « j'ai pensé un peu cet après-midi, c'est mieux qu'on ne se voie pas pendant un moment, et que

ce ne soit pas toi qui vienne demain chercher l'enfant »...
Le peuple qui en a décidé, les poètes en prison !

// Tous les 31 des mois, l'opposition russe manifeste pour réclamer l'application de l'article 31 de la constitution qui accorde à l'opposition le droit de manifester

// Que le crash du concorde survenu en 2000, près de Paris, soit dû à une lamelle de titane tombée d'un autre avion ou à une défaillance des pneus, il semble néanmoins que l'avion était trop chargé de bagages des vacanciers

// Rien à faire contre l'institutionnel, on perd la partie contre des gens, même nuls, parce qu'ils ont le pouvoir ou parce qu'ils sont dans l'inertie

// Franchement impossible le mot "parquet" pour désigner les magistrats dit debout, les procureurs et leurs substituts, nommés donc les parquetiers... Le mot viendrait du nom du local ou ils se tenaient en attente de l'audience. On pourrait tout de même trouver un autre nom maintenant, moins abscons et surtout plus compréhensible

// Protestation véhémente contre l'exécution en Iran par pendaison de deux hommes accusés d'être "ennemis de Dieu" en liaison aux manifestations de ces derniers mois contre le pouvoir en place (*Isna agency*)

// Le *GIEC* admet s'être trompé en annonçant que les glaciers de l'Himalaya pourraient avoir disparu en 2035. En effet même si ces glaciers perdaient 2m par an, 200, voire 300m d'épaisseur de glace ne peuvent disparaitre en un quart de siècle. C'était pourtant une annonce ronflante

// En France, l'espérance de vie a progressé en une année d'environ deux mois pour les hommes (77,8) comme pour les femmes (84,5)

// Sans mon accès à internet je n'aurais pas pu écrire dans ma liberté, j'aurais été obligé d'ânonner ce que les autres ânonnent (en général)

// Tous les jours ou presque de ce mois de janvier sont beaux. Depuis le 01/01/10 jusqu'au 21/01/10, en passant par le 11/01/10. Et même le 31/01/10 ça marchera, trois un égalent trois...

// « Maintenant il n'y a plus de solidarité entre les gens etc. » Mais il n'y a jamais eu autant d'associations pour aider les gens dans la misère

// Détestation des histoires de merde, envie de belles histoires (après avoir vu un film de violences, de tueries, de crapuleries)

// Maintenant il n' y a plus de lieux où les musiciens peuvent se produire, entend-on... Lire : les lieux d'avant disparaissent les uns après les autres, mais il y en a des quantités de nouveaux

// Avis à tous ceux qui ne supportent plus de faire des queues interminables et à ceux surtout qui de toute façon ne se seraient pas déplacés : L'exposition "Paris inondé 1910" qui se tient à la galerie des bibliothèques de la Ville de Paris est doublée d'une exposition virtuelle sur le net. Vraiment ce qu'il faut faire et devrait se faire pour toutes les grandes expositions

// Le président mongol, Tsakhiagiin Elbegdorj, veut abolir la peine de mort mais son parlement y est opposé. Il a décidé de commuer les peines de mort en prison à vie

// L'actuel budget annuel de numérisation de la Bibliothèque nationale de France est de 7 millions d'euros. A comparer avec son budget de fonctionnement de 250 millions. Le ministère, dit de tutelle, annonce avoir obtenu pour la numérisation une part du grand emprunt à venir, d'un montant de 750 millions, soit trois ans de budget de fonctionnement incompressible de ce monstre surgi de l'époque analogique où la numérisation était perçue comme tout à fait secondaire

// "Nous vivons une époque barbare. La dégradation du langage nous en donne une triste illustration" (Simon Leys). Il n'empêche que les dictionnaires n'ont jamais été aussi épais et que les libraires n'en peuvent plus de recevoir des livres dont le nombre ne cesse de croitre

// Un petit truc excitant pour les maniaques de l'orthographe, ou plutôt de la faute d'orthographe, savoir que au-dessous s'écrit avec tiret et en dessous, non. Ce qui est une aberration en termes de logique contemporaine, on dit qu'il en faut un avec "au" et pas avec "en". Franchement la meilleure solution serait de mettre un tiret partout

// Forte activité volcanique depuis le début de l'année. Dans quel sens va agir cette activité sur le climat ? Accroissement du réchauffement ou diminution ? Le pire n'est jamais sûr...

// En 2010, les élèves québécois pourront lors de leurs examens de fin d'année écrire ognon, nénufar, un sèche-cheveu ou ne pas mettre d'accent circonflexe sur le i ou le u, etc. C'est-à-dire qu'ils pourront appliquer la réforme dite "rectifications de l'orthographe" instaurée en 1990 en France où elle n'est toujours pas enseignée ni acceptée

// Il y a trois semaines déjà les instituts de sondage ont annoncé ce qu'allaient faire les français pour les fêtes, détaillant leurs dépenses et leurs cadeaux à venir. Était-ce la peine de faire la fête si c'était déjà su ? Très certainement, mais maintenant que c'est passé, ça m'étonnerait qu'on entende parler d'une étude vérifiant après coup le sondage qui d'ailleurs n'était que clichés...

// C'est dans une centaine d'années que l'Etat des Maldives pourrait disparaitre sous les eaux, si le niveau de la mer continue de s'élever à cause du réchauffement climatique (*Le Figaro*)

// France Culture passe à l'image, la radio culturelle donne non seulement à réentendre ses émissions mais diffuse en plus une vidéo, image fixe de l'invité du matin. Avec caméra décentrée, on ne sait pourquoi...

janvier 2010

// Un certain Adolphe Franck aurait introduit en 1845 le mot de "conscienciosité" pour signifier le fait d'avoir un plus grand niveau de conscience

// Darwin ne disposait pas de toutes les connaissances que nous avons aujourdhui (scientifique sur TV)

// Le cerveau m'a toujours fasciné. J'ai cherché à comprendre comment les courants qui y circulent, à l'état normal ou pathologique, peuvent générer du sens (Yehezkel Ben-Ari)

// Une nouvelle petite maison d'édition entend montrer le type d'ouvrages qu'elle veut publier, ce qui n'est pas très bon signe, car c'est se fermer à l'avance aux textes à venir qui pourraient ne pas s'intégrer dans leur case pré-établie

// Ecrire le temps avec un s, quand on y pense, c'est absurde et pourtant ça parait naturel à tous les praticiens patentés en tout cas. Pareil pour le corps. Le temp, le corp...

// Le nom de Pessoa, le poète, s'écrivait Pessôa, donc avec un accent circonflexe, supprimé dans les années 1910 à la suite d'une réforme de l'orthographe portugaise qui avait pour objectif d'écrire la langue au plus près de sa prononciation

// Le télescope spatial Hubble (Nasa/Esa) a photographié des galaxies telles qu'elles étaient 600 à 900 millions d'années seulement après le Big Bang (soit - 13 milliards d'années à peu près)

// Il faut constituer des listes électorales informatisées partout en Afrique (Albert Tévoédjrè).

// Le réchauffement climatique va réduire les endroits de la planète où il fait bon vivre (le climatologue Jean Jouzel)

// L'essentiel du réchauffement climatique des dernières décennies est très probablement lié aux activités humaines (*GIEC*)

// Des chercheurs ont constaté qu'au pliocène moyen, il y a trois millions d'années, les températures étaient 3 à 5 degrés plus élevées qu'aujourd'hui, alors que l'atmosphère contenait 400 parties par millions (ppm) de CO_2 (*Le Monde*)

// Maintenir l'accroissement de la température à 2°, bien, mais le soleil ou les volcans ou les dieux peuvent en décider autrement

// Le sommet de Copenhague s'est ouvert par la projection d'un film catastrophe (radio)

// Record de douceur à Moscou pour un 3 décembre, jamais vu depuis un siècle...

// Bombay ou Mumbai, Florence ou Firenze, Moscou ou Moskva, Parrigi ou Paris etc....

// Genre d'annonces incroyable sur une radio: « Si vous ne savez pas quoi offrir pour Noël, achetez le dernier Dan Brown ». On n'arrive pas à savoir si c'est une publicité déguisée ou bien simple bêtise routinière ?

// Pour être populaire il faut être consensuel, explique un expert en sondages d'opinion, ce qui est tout le contraire de cultiver le paradoxe

// L'éditeur français aurait tiré 600 000 exemplaires du dernier livre de Dan Brown. il est vrai que cet homme travaille désormais pour les tours opérateurs (Victor Cherre)

// La grippe A va provoquer une accélération de la mise en place du numérique dans l'éducation nationale (Presse)

2010

// Umberto Eco : « La technologie avance maintenant en crabe, c'est-à-dire à reculons ». Correction, que même les enfants peuvent faire : Les crabes ne marchent pas à reculons mais de côté ! Et l'homme poursuit, en fin de "son éditorial" : « Il n'est donc pas extraordinaire que la politique et les techniques de communications en reviennent aux voitures à cheval » (*Libération* 2/12/10)

// Question d'un journaliste à la ministre de l'économie: « Vous nous dites que la crise est terminée... pourtant l'Europe est à feu et à sang »... Pourquoi trimballer pareil langage qui conviendrait mieux à la situation de 1917 ou 1943, ou même de 1805? (Victor Cherre)

// « Maintenant on n'a plus le choix » est une expression clé qui renvoie aux menaces dues au changement climatique. Il est cependant étrange de l'entendre rabâchée à longueur d'antenne ou de clichés. Car jamais de toute leur histoire les humains n'ont eu autant de choix possibles, au niveau global et individuel ! (Paul Alvigna)

// Plus de 40 % des lecteurs équipés de support numérique déclarent lire plus qu'auparavant (*Inaglobal.fr*)

// *The Independent* (UK) titre en une: « Desperate fight to save the euro ». Et seulement en page intérieure : « Worst violence contained on national day of protest ». Pourtant il y a eu de vraies échauffourées hier à Londres entre étudiants et police, notamment à Whitehall et Parliament Square, pour protester contre le doublement des droits universitaires (déjà à plus de 4000 euros), et d'autres manifestations sont annoncées...

// Après des centaines d'exoplanètes (extra-solaires) découvertes dans notre galaxie ces dernières années, des astronomes européens ont découvert la première planète exo-galactique baptisée HIP 13044 b (selon des travaux publiés aux États-Unis). Comme disent les chercheurs interviewés par les medias : « on a encore rien vu »

// Il va falloir s'habituer à ça, l'Afrique et d'ailleurs bien d'autres pays de la Terre se mettent à la démocratie, élections et tout

// 38 atomes d'antihydrogène ont été retenus dans le grand anneau du CERN pendant une fraction de seconde, alors que jusqu'alors ils avaient été instantanément détruits au contact de la matière « normale »

// Pourquoi donc le Président chinois marche-t-il si droit, si raide, au fond comme un secrétaire général de parti communiste qu'il est toujours? A part l'hypothèse d'une posture personnelle liée à des maux de dos ou de vertèbres par exemple, on peut imaginer que cet homme porte le milliard et demi d'hommes dans sa démarche; Qu'il porte le poids d'un pays en train de devenir super puissance économique. Mais aussi qu'il dévoile une sorte de fierté hautaine à la manière dont le pavillon chinois devait être plus haut que tous les autres pavillons à l'expo universelle de Shanghai (Alvigna)

// Chez Alain Veinstein, sur France Culture, avec l'auteur de "La vie est brève et le désir sans fin" : ... « Un très beau titre, dit A.V. / Oui je l'ai emprunté à un poète japonais / ... Alors vous avez de très belles phrases, "la douleur qu'on cause est la grande question de la vie"... / Oui, c'est une phrase de Benjamin Constant... / Vous avez aussi cette belle phrase que j'ai citée en introduction, "les hommes ne sont pas heureux"... / Oui, c'est une phrase de Peguy / Décidément, alors toutes vos phrases, vous les avez empruntées... / Oui, c'est le jeu »

// La règle première de l'exposition universelle à Shanghai -qui vient de fermer- était que les pavillons étrangers devaient tous être d'une hauteur inférieure (25m maximum) au pavillon chinois (63m) qui seul va rester ouvert pendant une année encore

// Le prochain surperordinateur français s'appelle Curie, c'est une machine pétaflopique (soit 1,6 million de milliards d'opérations par seconde) qui a été commandée par le "Grand Equipement national de calcul intensif"

// Le livre du chef du parti de gauche s'est vendu comme des petits pains à la grande librairie de Saint-Germain-des-Près

// L'urgence dans les programmes des partis politiques, ce serait pour certains de réinstaurer un examen d'entrée au collège, pour d'autres de rétablir la semaine de 5 jours à l'école, ou bien de faire sortir la France de l'Otan. Mais jamais n'est mis en avant le droit de vote à 16 ans qui pourtant valoriserait les lycéens et, à défaut, répondrait à leur slogan selon quoi ils n'ont pas d'autres moyens de s'exprimer que le blocus (Victor Cherre)

// La loi Neuwirth est une loi française autorisant la contraception orale. Votée le 28 décembre 1967, elle abroge la loi du 31 juillet 1920 qui interdisait toute contraception. N'est appliquée qu'à partir de 1972 à cause de nombreux freinages de l'administration, il faudra attendre le 5 décembre 1974 pour que la contraception soit véritablement libéralisée et remboursée par la Sécurité Sociale (*Wikipedia*)

// 1938, date du premier sondage politique publié en France : 57 % des personnes interrogées approuvaient les accords de Munich qui abandonnaient à Hitler la Tchécoslovaquie (*Le Monde 26/10/10*)

// Guillermo Fariñas, cyberjournaliste cubain à qui le Parlement européen vient de décerner le prix Sakharov, avait entre autres observé en 2006 une grève de la faim pendant six mois pour réclamer, en vain, l'accès libre à internet. Il voit dans ce prix « un message du monde civilisé qu'il est temps que Cuba connaisse la liberté de conscience et d'expression et la fin de la dictature »

// Comparer la vision qu'avaient les Grecs anciens de la planète Mars à celle qu'en ont les scientifiques d'aujourd'hui peut illustrer l'accroissement de connaissance, d'ambition et de réalisation opéré par l'humanité en 20 siècles. Et, bien entendu, illustrer par avance celui qui pourrait intervenir dans les siècles à venir (Alvigna)

// La décennie 2001-2010 serait, selon *Herodote.net*, la décennie la moins violente qu'ait connue l'humanité depuis 1840...

// Le nombre de francophones (parlant mais aussi capables de lire et écrire le français) dans le monde est passé de quelque 200 millions de personnes en 2007 à 220 millions de personnes en 2010. Il s'est accru en Afrique et a diminué en Europe

// Petit bonheur de l'usager d'ordinateur, la nouvelle tour (PC) remplaçant l'ancienne -qui rivalisait avec le ventilateur des tropiques, ne fait pas de bruit

// « C'est très bizarre d'écrire sur un ordinateur, c'est comme sculpter de l'eau », est une citation de Jean Echenoz. Par ailleurs il y a toujours des profs qui punissent d'un zéro leurs élèves s'ils n'écrivent pas leur disserte au stylo plume

// Antoine Blondin affirme qu'il ne parlait jamais de littérature avec Marcel Aymé, Roger Nimier et ses autres copains des Hussards que pourtant il voyait pour certains plusieurs fois par semaine. Pourquoi ?

// Enfin, les cahiers de texte et les emplois du temps des classes des lycées d'Ile-de-France seront accessibles en ligne... Enfin, un espace numérique devrait permettre l'échange entre les membres de "la communauté éducative", ce qui devrait inclure élèves et professeurs, voire les parents, pour se substituer au fameux cahier de correspondance franchement désuet en tout cas pour les lycéens

// Witkiewicz, dit aussi Witkacy (et non Gombrowicz) redoutait la mécanisation de la société ainsi que cela se nommait dans la première moitié du 20e siècle. Il prédisait que les musées continueraient d'exister mais qu'ils seraient de plus en plus désertés...

// La faille sous-marine sise au large de Douvres à l'origine d'un tremblement de terre survenu à Londres en 1382 et 1580 pourrait en déclencher un autre dès demain ou dans 50 ans ou plus, selon le sismologiste Dr Roger Musson qui aimerait bien en connaître précisément la date mais...(« something we would love to know but we don't »)

// L'honneur est la seule chose qu'un homme possède, clament des hommes (barbares) pour justifier les crimes d'honneur... « Ah! l'honneur, un truc nul, vraiment nul! C'est extraordinaire d'ailleurs que ça vienne de si loin et que ce soit un truc nul » (in "Pathétique Sun")

// La nouveauté c'est que tout individu est devenu médiatique. Pas médiatisé comme les peoples, mais relié à la sphère médiatique qui sans cela n'existerait pas (Paul Alvigna)

// La dernière édition de l'Oxford English Dictionary ne sera sans doute pas imprimée mais diffusée en ligne

// Godard Jean-Luc, le cinéaste, qui pourtant s'était mis très tôt à la vidéo et à l'image numérique, se serait installé dans le refus d'utiliser internet

// Dans le Nord Kivu, République démocratique du Congo, le 10 juillet dernier, des rebelles assiègent le village de Luvungi, séparent les hommes et les femmes, et parfois les enfants en bas-âge des mères... et pratiquent un viol de masse sur un nombre évalué entre 150 et 200 femmes

// « Chair triste, mort, guerre, crise économique, la rentrée littéraire et ses 700 romans revêtent des habits bien sombres, reflets de la morosité ambiante et d'un retour tourmenté vers le passé » (in Libération 17/08/2010). D'abord, on est pas obligés d'acheter, ou alors les lecteurs acheteurs ont la littérature qu'ils méritent. Ou bien, ça fait des années que c'est le fonds de commerce des éditeurs en place qui en plus ont le culot d'accoler à leurs bouquins l'image de ce qui est bien, qu'il faut lire et qu'il faut donc acheter... (Victor Cherre)

// Un immense bloc de glace de plus de deux fois la taille de Paris s'est détaché d'un glacier polaire dans le nord du Groenland. Selon Andreas Muenchow, de l'université de Delaware, l'Arctique n'avait pas perdu une telle masse de glace depuis 1962

// « Il faut faire attention à ne pas travestir la science en simplifiant des messages complexes », explique Hervé Le Treut, spécialiste des modèles mathématiques qui, cependant, ajoute: « Le système climatique terrestre va continuer à fonctionner mais l'homme est en train de le fausser, comme une roue qui se voile peu à peu... »

// Sollers écrit au stylo à l'encre bleue, dont il vante l'incomparable impression du toucher sur le papier. Bon après, pour corriger, il retape sur une vieille machine (à écrire), il n'utilise pas d'ordinateur... Il se méfie du piège dans lequel tout le monde est en train de tomber qu'il appelle "le tout communication" !

// Le musicien Alpha Blondy se démène avec une énergie touchante pour crier aux représentants politiques de son pays que le peuple ivoirien en a marre des luttes de pouvoir qui risquent à tous moments de déclencher une nouvelle guerre interne. Hélas, ils ne l'entendent pas ou mal, parce qu'ils sont occupés que par ces luttes-là...

// D'où vient la mode des auteurs norvégiens, depuis quelques années, au théâtre ? Claude Régy en donne une explication quant à lui dans la présentation de son prochain spectacle : « Si l'on admet qu'une surestimation de la raison, propre à notre temps et à nos régions conduit à un amenuisement de l'être, alors il faut chercher aux confins du non conscient, une connaissance d'un autre ordre qui ouvrira notre conscience à une autre dimension de l'être... La littérature du nord, précise-t-il, est nourrie d'une mythologie ancienne où vie et mort, sagesse et folie, nuit et jour ont des frontières très peu visibles... »

// Maintenant que l'on peut rester chez soi ou aller ailleurs, et que c'est presque pareil (Paul Alvigna)

// Se demander s'il y aurait eu l'inquisition s'il y avait eu l'information que nous avons aujourd'hui (Victor cherre)

// Titre du *Monde.fr* ce 12/7/10 à 13h36 « L'Espagne sacrée: la victoire de la pensée » (il s'agit de football)

// « Détérioration de tout ! » (Phrase glissée comme vérité évidente par un artiste plasticien dans une interview sur une radio)

// « Peu de gens le savent déjà, mais nous sommes tous en prison » écrit Susan George. Comme quoi si on se laisse glisser sur une piste parano, ça roule tout seul !

// « Dans les pays industrialisés, une personne sur 6000 serait centenaire (environ 350 000), et ceux que l'on appelle les supercentenaires - ayant plus de 110 ans - représenteraient un individu sur 7 millions (soit 350)... il faut noter que 90 % des centenaires n'auraient pas de handicap sur le plan de la santé avant l'âge de 93 ans » (agence de presse)

// A ma connaissance, il n' y pas de mot féminin qui corresponde à mari (à part la femme). On dit l'homme / la femme, l'époux / l'épouse, le marié / la mariée. Mais le mari et la quoi ?

// **Un exemple intéressant de langue française du Québec : « En regardant les combats entre forces de l'ordre et manifestants, ça me faisait penser aux petits conflits que nous vivons au quotidien. Les chicanes, le parlage dans le dos, le bitchage au bureau, en famille, au travail, avec nos voisins ou nos amis..." (Guy Bourgeois). Comme quoi on peut inventer la langue !**

2011

// 44 corps d'enfants de 0 à 3 ans découverts sur un site archéologique au Pérou, les chercheurs pensent qu'ils auraient été l'objet d'un rite sacrificiel lors d'un conflit entre deux peuplades rivales entre 1200 et 1450 de l'ère chrétienne (*BBCworld*)

// Rubrique crimes d'honneur : « En Europe occidentale aussi, des jeunes femmes sont torturées et tuées par des membres de leur famille à cause de leur fréquentation, de leur façon de s'habiller ou de leur refus de se soumettre à un mariage forcé. En clair, après que le attitude laisse planer un doute sur leur virginité » (*Le Monde* 15/11/2011)

// La mauvaise foi du marché... Les taux d'intérêt auxquels certains pays doivent emprunter montent, montent comme la petite bête. Officiellement parce qu'ils seraient de moins en moins sûrs. Bon prétexte, en réalité, pour gagner plus d'argent, grâce à des taux plus élevés. Mauvaise logique en tout cas, parce que les taux montent tellement qu'à un moment ces pays ne peuvent plus rembourser

// Parmi les bonnes propositions qui voltigent dans l'air: diminuer de 30% les rémunérations des personnels politiques ou ramener le nombre des députés de 577 à 300, idem pour les sénateurs etc... Il parait que certains politiques trouvent que ce sont des revendications démagogiques

// Comme dit Pierre Rosanvallon : « il y a une double dimension dans votre question »

// « Les analyses laissent penser qu'il ne s'agissait pas d'un accident de criticité », a dit Ai Tanaka, porte-parole de Tepco, opérateur de la centrale nucléaire de Fukushima

// J'avais cette conviction qu'il fallait toujours se débrouiller pour échapper à quelque chose, qu'il fallait toujours être en vigilance forte pour échapper au pire, au moche, au tordu. Le positif de ceci étant que pour accéder au beau, au bon, au sublime, il fallait être constamment en attention maximale (Alvigna)

// Les nouvelles normes juridiques reconnaissent l'achat, la vente, l'échange, le don ou l'adjudication des logements, (*Granma*, Journal du Parti communiste de Cuba). Il aura juste fallu attendre 50 ans pour en arriver là !

// On peut difficilement y échapper, disent les médias. A quoi ? Au film « Tinetine » ! (Tintin en VO). Comme si ce n'était pas eux qui faisaient l'information. Ou alors, ils sont serviles ? (Victor Cherre)

// Dans différents pays arabes on commence à interdire les tirs en l'air, dits de joie, à l'aide de différentes armes. Une pratique répandue au Moyen Orient, en particulier, pour manifester sa joie ou célébrer une victoire. Comme quoi il y a toujours des progrès en tout !

// « Nous vivons un âge d'or du journalisme, une période incroyable en termes de créativité et d'offre en matière d'information » (Arianna Huffington)

// « C'est scientifique, la télé tue ! » (titre du journal *Le Monde,* et aussi phrase de bistrot)

// "Le tout environné de très fortes incertitudes, une récession n'est plus à exclure"... (Presse)

// « Que chacun se fasse son cinéma, quoi ! » (Pierre Ardouvin, à propos de la nuit blanche à Paris, 1/10/2011)

// « S'il était innocent, il n'aurait pas besoin de l'immunité diplomatique, faut être logique ! » (Tristane Banon, *TF1* 29/9/2011)

// Le bizutage, exemple de ce qui est changé par une loi et qui perdure au fond. Les vieilles structures de l'humain résistent, elles ne se laissent jamais tout à fait changer par une loi

// La situation est sérieuse, elle est même très grave, très très grave... Ça va très mal. Vraiment très très mal! (air de contrit confit)

// Un hurluberlu prévoit la fin de l'espèce humaine vers 2100/2150... Il a cette certitude pour lui, et cette autre aussi, de ne pas pouvoir être démenti...

// La peur d'une crise systémique en Europe ou le désir de la crise systémique ? Une vraie de vraie qui fasse tout péter !... Il arrive dans l'histoire des civilisations que les humains se fatiguent de leur entreprise

// Les raisonnements par métaphore du démographe Emmanuel Todd: « si une voiture fonce à toute allure vers le gouffre, on ne peut que se réjouir si elle tombe en panne... »

// Croire en la littérature plus qu'en un dieu (Alvigna)

// « Being a reformist and always in the minority is hard » (Shukria Barakzai, Member of Parliament for Kabul)

// Il y a des gens du marché qui profitent de la différence des taux d'intérêt entre les États-Unis et l'Europe (0 contre 1,5%) pour effectuer des opérations consistant à s'endetter en dollar pour placer en euro...

// « Dans le Missouri, les enseignants pourront parler à leurs élèves sur Facebook », titre *Le Monde*. Il faudrait diffuser cette info à tous les enseignants de France, ils en tomberaient de leur siège. Car c'est bien une association d'enseignants qui a obtenu le report d'une loi votée récemment leur interdisant de communiquer avec leurs élèves sur les réseaux sociaux... Ici, en France, y compris au lycée, sans parler de Facebook, on ne peut même pas communiquer par e-mail avec les enseignants, aussi bien les parents que les élèves doivent toujours en passer par l'antique cahier de correspondance ! (Victor Cherre)

// Devant une télé, je tombe par hasard sur un programme de la chaine M6. Je regarde, j'attends, je crois que c'est une publicité, la séquence est longue, j'attends la fin de la pub... mais ça dure. Non, en fait, c'est une série !

// Les régimes à parti unique, ici, on n'y pense pas. La Syrie, on en parle, elle qui, en pleine répression militaire, vient de proposer d'autoriser les autre partis. Mais le Vietnam, l'Iran, la Chine bien sûr et Cuba?... (Victor Cherre)

// Restez avec nous, disent les présentateurs TV quand il terminent leur journal, tout en rangeant leur papier. La plupart du temp je zappe juste à ce moment-là, surement pour ça qu'ils le disent ! (Alvigna)

// Kim Jong-Il, fameux dirigeant nord-coréen, est en visite surprise en Russie où il est arrivé dans son train spécial, car il ne se déplace que comme ça, jamais en avion. Il n'ira donc jamais en Amérique !

// Hypertrophie de l'usage du passé simple par des journalistes de l'audiovisuel. L'un d'eux, capté par hasard, qui déclame : « cette chanteuse "régnit" dans les années 1930... » Régna aurait paru trop faible, comme quoi le passé simple a un usage détourné de nos jours !

// « Demandez à des grenouilles quelle est à leurs yeux la meilleure méthode pour assécher leur mare, elles vous répondront qu'il faut rajouter de l'eau » (Harald Hau, enseignant à l'université de Genève)

// Ce mois de juillet 2011 a été le moins meurtrier (tout de même 358 morts) sur les routes françaises depuis 1956. En fait depuis la création des statistiques mensuelles, ça veut dire qu'on ne dispose pas de données avant

// Le groupe électronique taïwanais Foxconn va remplacer une partie de sa main-d'œuvre (actuellement 1,2 million d'ouvriers) par un million de robots d'ici trois ans, afin de réduire ses coûts et accroitre sa productivité pour les taches routinières dans la fabrication de composants pour ordinateurs (Agence *Xinhua*)

// Tel "artiste" (dont on préfère taire le nom) qui déclare en public : « L'art engagé m'emmerde et est suspect. Mais je crois à la politique et mon engagement, je le vis au quotidien. » Et qui un mois plus tard, figure dans la liste des "récipiendaires" de la Légion d'honneur du 14 Juillet

// Sur le *NYTimes*, je clique un article à propos de Freud, mon navigateur me signale que ce site est certainement inacceptable ou frauduleux et me conseille de ne pas l'ouvrir. Je pense d'abord à une erreur, à un bug. Toujours on a ce réflexe, mais c'est un mauvais réflexe en l'occurrence. Il s'agit d'un article sur Freud et la cocaïne. Et c'est surement ce dernier mot clé qui a tapé dans l'oeil du moteur rechercheur... Pas le nom de Freud !

// « L'erreur de la disparition probable des glaciers himalayens vers 2035 n'était pas une prévision, mais une affirmation du Fonds mondial pour la nature (*WWF*), que nous citions dans le corps du rapport » (Président du Groupe d'experts intergouvernemental sur l'évolution du climat (*GIEC*))

// « Le lendemain, il (Monsieur Balladur) m'a fait porter un carton m'invitant à le rencontrer le jeudi 10 février (2011) à 11 h 30 chez lui, ce que j'ai fait » (Jean Galy-Dejean). Oui, en 2011 !

// « Un nouveau talent s'est révélé... Vincent Macaigne est un type qui a décidé de complétement démorceler le théâtre... Là il s'attaque à Shakespeare... pendant plus de 5 heures, le plateau est transformé en un bain de boue, de sperme et de sang... Avec une dramaturgie hallucinante et affolante et troublante, qui enchante les plus jeunes et les vieilles biques comme moi... Il réinvente un théâtre où les acteurs sont nus les 3/4 du temps, quand ils ne se masturbent pas, ils font l'amour devant vous, et quand ils ne font pas l'amour devant vous, le metteur en scène les jettent dans un bassin de glaise d'où ils ressortent comme des figures tutélaires... » (Laure Adler, *France Culture* 12/7/2011 8h49)

// Le poing levé se pratique désormais bien plus sur les courts de tennis que dans les réunions politiques de révolutionnaires. Sans doute ces derniers sont-ils de moins en moins nombreux ou alors les médias ne les filment plus (Alvigna)

// La phrase que regrettera le dictateur libyen jusque dans sa tombe, selon laquelle il promettait à ses rebelles « un printemps chinois à la libyenne ». Ce qui lui a fait perdre le soutien de la Chine à qui pourtant il offrait tout son pétrole. Comme quoi l'argument du pétrole ne marche pas toujours

// Les retombées radioactives de l'accident nucléaire de Fukushima resteront, à l'échelle de la planète, inférieures à celles provoquées dans les années 1950-60 par les essais nucléaires, estime le directeur général de l'IRSN (Institut de Radioprotection et de Sûreté Nucléaire) Jacques Repussard.

// Ce qui s'appelle faire une seule chose à la fois : « La lenteur de la marche, sa régularité, cela allonge considérablement la journée. Et en ne faisant que mettre un pied devant l'autre, vous verrez que vous aurez étiré démesurément les heures » (Frédéric Gros, philosophe)

// *Veli'b Paris* qui change ses conditions générales d'utilisation, impose à ses abonnés de se rendre à une station, de se connecter, de composer le code secret et de valider ces nouvelles conditions d'utilisation. De toute façon, pas le choix, sinon carte bloquée. Et pourquoi n'était-ce pas possible de le faire en ligne depuis son ordi personnel ?

// 8% seulement de la population aurait réagi positivement à l'alerte au tsunami le 11 mars dernier, au Japon, alors qu'elle avait massivement participé à un exercice de simulation des mois auparavant

// Encore un titre qui l'emporte sur l'info: « L'âge de la vieillesse a été repoussé au fil des siècles » (*Le Monde* 21/6/2011). En fait, il y a une accélération de l'augmentation de l'espérance de vie depuis les années 1970, en moyenne de 3 mois par an

// « Les nappes phréatiques françaises affichent des niveaux très bas ». Titre de presse du 17 juin renvoyant à l'info selon quoi elles affichaient au 1er juin des niveaux très bas. Oui, mais entretemps la météo s'est mise fortement à la pluie...

// Info contre-intuitive : le nombre des homicides constaté par la police et la gendarmerie a été divisé par deux en quinze ans. Il était de plus 1600 en 1995, il est de moins de 800 en 2010, selon le sociologue Laurent Mucchielli

// Edition spéciale sur toutes les télés, aujourdhui 6 juin 2011 à 9h30, heure de New-York. Est-ce parce que pour la première fois dans l'histoire de sciences des chercheurs ont piégé des atomes d'anti-hydrogène pendant 15 minutes ? (Alexie V)

// Le printemps 2011 est le plus chaud en France « depuis au moins 1900 », selon *Météo-France*, ailleurs on ne sait pas! En tout cas il avait dû faire chaud en 1900...

// Contrairement aux humains, qui connaissent un accroissement de leur espérance de vie significatif depuis plusieurs décennies, les animaux ne vivent pas plus vieux qu'avant (selon Emile Baulieu)

// Les mots pour le dire, un ex-dirigeant mondial : « Qu'est-ce qu'ils vont sortir ? Une photo de moi en train de "tirer une "gonzesse"" ? » (*Nouvel Observateur* 20/5/2011)

// En France, la loi du 15 juin 2000 a interdit de publier des photos de personnes menottées. Dommage qu'elle n'ait pas explicitement prévu de limiter le menottage aux situations de risque manifeste de fuite du "prévenu". Donc qu'elle n'ait pas aboli sa fonction d'humiliation

// « La surface à prendre en considération pour s'assurer de la disparition du dernier membre d'une espèce est plus bien plus grande que celle qu'il faut étudier pour découvrir pour la première fois l'existence d'une nouvelle espèce » (Stephen Hubbell)

// En Algérie, lorsque c'est l'heure de la prière, la télévision arrête ses programmes, quels qu'ils soient, même un match de football

// Dernières nouvelles de Cuba : rétablissement de la petite propriété, suppression du fameux carnet d'alimentation (ou de rationnement ?), possibilité de sortir du territoire pour voyager...

// Le politiquement correct est devenu un tic de langage, tout le monde s'en accuse ou revendique de ne pas l'être. On ne sait plus très bien ce que c'est, puisque ça peut vouloir dire ceci ou cela selon qu'on habite rive gauche ou bien rive droite (Alvigna)

// Un pourfendeur (médiatisé) de la "malbouffe" fait de la publicité sur les radios populaires pour un circuit de supermarchés discount

// Petits bonheurs de l'humain numérique, en fait on peut lire au soleil sur écran, à condition que les rayons de notre dieu soleil n'atteignent pas directement l'écran. Donc soleil pleine face de préférence, comme pour la photographie !

// L'humour du frère Castro, voilà qu'il préconise une limitation des mandats à 10 ans. Et hop ! il se fait nommer secrétaire du parti communiste cubain, lui qui est au pouvoir sans interruption depuis plus de 50 ans !

// Petits malheurs de l'humain numérique : Inutile désormais de recourir au prétexte d'aller acheter son journal pour sortir dans la rue puisqu'il a toute la presse à disposition sur son écran... Difficile, voire impossible de se dire qu'il va aller lire au soleil avec sa tablette liseuse ou son notebook reader, encore que..

// Les ingénieurs, experts et autres responsables français et russes du lancement de la fusée Soyouz, depuis la Guyane, utilisent le français et le russe avec l'aide d'interprètes pour communiquer. L'utilisation de l'anglais représenterait, disent-ils, un déficit de précision que la science ne peut supporter

// Record de chaleur hier, jamais aussi chaud, enfin depuis 1949 au pays basque, et même depuis 1851 pour une autre station, mais là on atteint les limites de nos connaissances antérieures

// Dans les pays du printemps arabe, on annonce la fin de l'état d'urgence en vigueur depuis des dizaines d'années. On annonce la fin de l'état d'urgence, il sera annoncé prochainement etc. C'est quoi, l'état d'urgence ? le contraire de l'état de droit (Alvigna)

// Il a quelques années, est apparue la possibilité de réécouter une émission, sur la radio France Culture, pendant quelques jours ou une semaine, puis un mois. Pour le documentaire sur Fela Kuti diffusée le 27/03/11, ce sera pendant une année !

// Le démographe Emmanuel Todd: « Les Français sentent que la France est devenue un canard sans tête »

// Métaphores d'un sociologue : « Le système de réglementation qui doit assurer le contrôle "rationnel" de ces potentiels d'autodestruction vaut ce que vaut un frein de bicyclette sur un jumbo-jet »... « La perspective ici esquissée évoque le stratagème de marins qui voudraient évacuer l'eau qui envahit leur navire en perçant un trou au fond de la cale » (Ulrich Beck)

// Michel Serres: « Pendant combien de temps pourront-ils (les jeunes gens) encore chanter l'ignoble "sang impur" ("La Marseillaise") de quelque étranger ? »

// Retour sur une perle de Houellebecq, cité par *Le Figaro* du 14/08/2008 : « Si tu veux avoir des lecteurs, mets-toi à leur niveau ! Fais de toi un personnage aussi plat, flou, médiocre, moche et honteux que lui. C'est le secret. »

// Cynisme des faits, une zone d'exclusion aérienne a été établie autour de la centrale folle du nord du japon, mais pas au-dessus de la Libye du dictateur fou qui bombarde ses villes (anonyme 15/03/2011)

// Les medias ne parlaient que de la Libye, ils sont passés au Japon, la Libye étant renvoyée en brève: « les forces gouvernementales ne cessent de regagner du terrain »

// Il faut savoir que "s'entêter", par exemple, est une structuration mentale !

// « Inventé par Saint Paul, au début de notre ère, l'individu vient de naitre ces jours-ci » (Michel Serres)

// Belarus (Biélorussie), dernière dictature en Europe, toute opposition écrasée sans merci (titre en une de *The Independent* UK)

// « Depuis Richelieu, l'Académie française publie, à peu près tous les vingt ans, son dictionnaire... Aux siècles précédents, la différence entre deux publications s'établissait autour de quatre à cinq mille mots... Entre la précédente et la prochaine, elle sera d'environ trente mille » (Michel Serres). C'est d'ailleurs une piètre indication de la mutation de la langue, tenir compte de la résistance inertique des académiciens (Victor Cherre)

// Mauvaise nouvelle, les budgets de la défense se remettent à augmenter, en particulier en Inde et surtout en Chine (+ 12,7%). En France : +3%

// Des prisonniers politiques à Cuba libérés? Certains oui, d'autres non. Mais ça veut dire quoi des prisonniers politiques à Cuba?

// Tristesse d'entendre Michel Bouquet, acteur aimé, déclamer d'un revers de main que cette époque n'est pas drôle, qu'elle n'est vraiment pas marrante, lui qui pourtant en a connu des vraiment terribles d'époque. Je pense à lui avec tristesse, survolant le bitume, en écoute de musique sur mon ipod

// Voilà qu'on l'appelle le pape des lettres, François Nourissier qui vient de mourir. Je croyais que cette appellation était réservée à Philippe Sollers. Il y aurait donc deux papes en littérature ?

// « La politique réveille les réseaux sociaux », titre *Le Monde.fr* (18/2/11). D'évidence, le titre aurait dû être : Les réseaux sociaux réveillent la politique !

// Qui parle d'une humanité dégénérescente ? Le seul fait de cette communication par les réseaux sociaux qui a permis l'irruption des mouvements tout aussi sociaux, en Tunisie ou en Egypte, et dans d'autres pays à venir, illustre non pas une dégénérescence mais plutôt un grandissement de l'humanité (Alvigna)

// Le seul survivant, reconnu officiellement, des deux bombardements atomiques de 1945 au Japon vient de mourir à 93 ans d'un cancer à l'estomac. Il s'était rendu pour affaire à Hiroshima un peu avant la première bombe, puis avait réussi, gravement brulé, à rejoindre son domicile à Nagazaki juste avant la seconde...

// La mise en service d'un câble sous-marin reliant le Venezuela à Cuba devrait permettre une plus grande qualité de communication et d'accès à internet jusqu'alors assuré par satellite. Le contrôle sur l'information et la libre expression devrait donc disparaitre à Cuba, mais l'opposition en doute

// « Le livre numérique est d'abord un livre. Œuvre de l'esprit, un livre ne change pas de nature en changeant de support, du papier au fichier numérique » (Antoine Gallimard, 21/1/11)

// John Irving qui confie avoir une vie heureuse et protégée, se demande qu'est-ce qui pourrait lui arriver de pire qu'il ne voudrait pas qu'il lui arrive. Et c'est ça qu'il écrit !

// Le côté beauf de cette affirmation : « Il y a deux grands écrivains au 20e siècle, Proust et Céline, point à la ligne ! » Ou : « Il n'y a qu'un seul cinéaste (Alfred Hitchcock), un seul peintre vraiment très grand dans l'histoire (Fragonard ?) »... En fait il n'y a jamais un seul ou deux. Il y en a tant. Le plus beauf, c'est d'écrire "point à la ligne" qui ferme toute discussion

// Pour l'un des nouveaux actionnaires du *Monde* (*Le*), la grande question que pose la distribution du journal est "comment atteindre tout le monde, partout, au même moment ?" Franchement, il y a qu'une solution, c'est la diffusion du journal en ligne

// « Après mûre réflexion, et non sous le coup de l'émotion, j'ai décidé de ne pas faire figurer Louis-Ferdinand Céline dans les célébrations nationales » (ministre de la Culture)

// Les jeunes brésiliens, indiens ou chinois sont majoritairement optimistes et confiants dans l'avenir, ils se trouvent qu'ils vivent dans des pays à forte croissance économique

// Un concert de musique traditionnelle annulé en Iran parce qu'il y avait dans le groupe deux femmes musiciennes ! Pourtant "autorisées" en général à jouer d'un instrument, alors qu'elle ne peuvent pas chanter seules, sauf devant un public exclusivement féminin

// Les porte-paroles de l'Union européenne, ou plus précisément de sa Représentante pour les affaires étrangères, s'expriment en anglais à propos de la Côte d'Ivoire ou de la Tunisie. Ou alors dans un français à peine traduit de l'anglais. Ce serait pourtant assez logique que le point de vue de l'Europe soit diffusé "en français" quand il s'agit de pays francophones

// La plus forte source d'exposition aux ondes serait en ordre décroissant : la radio FM puis le Wi-Fi, le four à micro-ondes, le sans fil et le mobile...

// Les inondations en Australie, on a l'impression qu'elles n'ont jamais été aussi terribles, que le réchauffement climatique provoque d'évidence ses effets. Oui, mais voilà le pic (peake) est annoncé plus faible que lors des inondations de 1974... Cela ne veut pas dire pour autant qu'il n'y a pas de réchauffement (V Cherre)

// « Pour 68% des Français, les musulmans ne seraient pas intégrés dans la société. Mais dans les faits, c'est tout l'inverse, ils n'ont jamais été autant intégrés... » (le sociologue Vincent Geisser)

// "Eating animals" de Jonathan Safran Foer vaut 8 euros, tandis que la traduction française "Faut-il manger les animaux ?" est à 22 euros ! Les livres sont trop chers en France

// Grève au Pakistan pour protester contre un amendement visant à supprimer la peine de mort en cas de blasphème...

// L'article 173 du code civil datant de l'époque napoléonienne stipule que "le père, la mère, et, à défaut de père et de mère, les aïeuls et aïeules peuvent former opposition au mariage de leurs enfants et descendants, même majeurs". Comme quoi Napoléon n'a pas la trace positive qu'on lui accorde en général

// Les bilans de l'année, les meilleurs livres - musiques - films etc. Tout ça dans des émissions "concoctées" par les télévisions rassemblant tous leurs animateurs, bon on n'est pas obligés de les admirer ces gens... mais tous ensemble ces gens-là, c'est dur pour eux, et aussi pour nous qui devrions supporter ça ?

// L'expression "les naufragés de la route" s'est imposée comme évidence dans les médias... « Naufrage, c'était couler en mer, ça signifiait la destruction d'un bâtiment, la perte de biens, la ruine, le désastre. Ici pas de blessés en tout cas, c'était bon de savoir que le sens du mot avait glissé ! »

// « Plus on va dans un monde moderne, moins les choses marchent »... « On ne laisse pas des gens sans chauffage pendant 24 heures »... Phrases de micro-trottoirs qui illustrent combien l'exigence s'est accrue... Rappeler que le chauffage généralisé dans les maisons est tout à fait récent, qu'en général jusqu'au début 20e siècle, et même après, les chambres n'étaient pas chauffées...

// « Il faut fabriquer du vivant le plus surnaturel possible » (Philippe Marlière, biologiste)

// La conclusion d'un tout dernier rapport de chercheurs américains sur la fonte des glaces de l'Arctique affirme que, contrairement à ce qui se disait, il n'y aurait pas de « point » au delà duquel la situation serait irréversible. Ainsi la métaphore du point de non-retour, au moins aussi percutante que celle du « on va droit dans le mur »- serait remise en cause

// Lu, sur un forum: « A l'université, tu apprends à reproduire ce qu'ont fait tes (vieux) profs. L'invention et la création, ça se passe ailleurs... »

// **Le peintre Gérard Garouste dit qu'il travaille en ce moment sur le "*Faust*" de Goethe. Mais si ce dernier vivait aujourd'hui, il n'écrirait probablement pas un Faust !**

2012

// **Michel Serres, à la radio : « Le néolithique, c'est fini maintenant ! »**

// Il y a quelques années, il y eut l'épidémie de la vache folle. Une personne que je connaissais avait totalement cessé de manger du bœuf. Comme la viande rouge lui manquait, il se rendait régulièrement dans une de ces chaines spécialisées qui servaient du zébu importé d'outremer... Des années après, je présume qu'il a repris le chemin de sa boucherie favorie

// Le président, en place depuis 1979, de la Guinée équatoriale, pays parmi les plus riches en pétrole et à la population des plus pauvres, se fait construire une capitale, "Oyala", isolée dans la jungle, avec palais, université, hôtel de luxe, golf etc. Raisons de sécurité pour son gouvernement, dit le dictateur

// L'opposition libérale (en Egypte, pays arabes, Chine, Russie etc.), c'est ce qui empêche le monde de basculer dans la barbarie. Hélas, il n'y en a pas en Érythrée

// Alain Finkielkraut : « Je ne suis pas un utilisateur d'internet, je suis un handicapé informatique »

// Le Grand palais à Paris, exposition Hopper : « Si les réservations en ligne sont d'ores et déjà complètes, la billetterie reste bien sûr ouverte sur place »

// Des fondamentalistes chrétiens, aux USA, pensent que la judaïsation de la Cisjordanie accélérera le retour du Messie (*Le Monde* 29/11/12)

// Critique sévère de la part d'un critique acerbe, à propos du dernier livre d'un auteur consacré : « D'une grande habileté d'auteur, mais de la littérature morte »

// Chaque voix aux élections législatives françaises rapporte 1,68 euro par an aux partis qui ont plus de 1 % des voix dans 50 circonscriptions (loi du 11/3/1988)

// Witold Gombrowicz, en 1967 : Je suis un optimiste, je ne suis pas désespéré comme la littérature française contemporaine, il n'y a pas besoin de désespoir pour parler de notre époque, il y en a eu de bien plus terrible dans l'histoire... (*France Culture* 23/11/12 03h50)

// Un commentateur du Caire : il ne faut pas se voiler la face (pour dire regarder les choses en face)

// Le plus important dans un film, au cinéma, c'est ce qu'il y a entre les lignes (d'après Olivier Assayas)

// Depuis l'été, l'Etat français emprunte, à court terme, à des taux négatifs, ce qui signifie qu'il gagne de l'argent en levant des fonds (Presse 15/11/12)

// Mise en service de la plus grande centrale solaire de France sur les 360 hectares d'une ancienne base militaire de l'OTAN, en Lorraine, elle devrait produire la consommation annuelle d'une ville de 55 000 habitants

// Michel Rocard : « Pour l'Europe, la France serait au gaz de schiste ce que le Qatar est au pétrole » (*Le Monde* 10/11/20212)

// Le blogueur Sattar Beheshti est mort dans la prison d'Evin à Téhéran. Il avait été arrêté le 30 octobre par la cyberpolice iranienne en raison de ses activités sur Facebook et sur le Net. La famille n'a pas été autorisée à participer à son enterrement (agence de presse 09/11/12)

// Ce que peuvent penser les Chinois des élections en Amérique, eux qui vont assister téléspectateurs à une grande messe de leur parti unique dont surgira la liste de leurs nouveaux dirigeants. Ne peuvent qu'en rêver de voir ces Américains qui font la queue pour voter, et qui votent pour tout, du président aux juges en passant par les sénateurs, gouverneurs et députés etc. Qui se prononcent en plus sur le financement de l'avortement ou la légalisation du cannabis ou quoi encore ? De là à imaginer un referendum en Chine sur le nombre d'enfants autorisé... (Victor Cherre)

// « Du jamais vu ! », disent les medias. Ajoutant aussitôt : « pas depuis... ». Parfois, c'est guère plus de 10 ans ! Le chômage en France de 2012, pas vu depuis 1999

// Des gens cherchent à comparer ce siècle, par exemple au 18e siècle. C'est souvent parce que ça les arrange dans leurs raisonnements. Mais cette époque est incomparable à toute autre, ne serait-ce qu'en raison de l'apparente immatérialité de plus en plus effective de nos actions

// 32 des États américains ont adopté le vote anticipé pour l'élection présidentielle. En outre, le vote peut se faire, en personne, dans un bureau de vote ouvert à l'avance, ou par courrier, internet et même fax. Ce qui s'appelle la souplesse libérale américaine !

// J'avais changé de lieu, m'étais installé dans un autre, avec les mêmes choses ou presque. Depuis, chaque fois que je cherchais l'une de ces choses, je la voyais d'abord dans le lieu d'avant

// Une proposition de loi visant à "créer une stratégie nationale de prévention de l'intimidation" (harcèlement) a été débattue le 15/12/2012 au parlement (canadien)

// La planète nommée PH1, une géante gazeuse de plus de six fois le rayon de la Terre, distante de 5000 année-lumières, est éclairée par quatre soleils. Elle tourne autour de deux étoiles et une autre paire stellaire tourne autour de ce système. Une découverte qui devrait nous forcer à repenser tout, en général

// L'avenir de la langue française est en Afrique, a dit le président. En tout cas, cet avenir n'est pas à l'Académie française

// Le prix Nobel de la paix attribué à l'Union européenne pour avoir "contribué pendant plus de six décennies à promouvoir la paix et la réconciliation, la démocratie et les droits de l'homme en Europe"

// Un type, même sachant écrire "en bon français" selon les canons des instituteurs de toujours, peut avoir des goûts non seulement à la con mais dangereux. Ça vous rappelle quelqu'un ? Oui ? Eh bien oubliez-le tout de suite ! (Alvigna)

// Honte à lui. En quelle langue le précédent président de la France va-t-il tenir ses conférences ? Eh bien oui, c'est évident, en anglais, sinon qui l'aurait écouté (source *I-Télé*) ? On finirait par se demander pourquoi l'anglais n'est pas enseigné à la maternelle au lieu du français ! ... (Vérification faite, il semble qu'il aurait commencé en anglais puis poursuivi en français)

// « Je vais vous dire... » est un des tics des hommes politiques lors des entretiens ou débats dans les medias. C'est presque une figure de style : « Je vais vous dire quelque chose » prend une force d'intervention alors que c'est du zéro information. Ils disent aussi : « Ecoutez, je vais vous dire quelque chose »

// Vu, au palais de Tokyo à Paris, une grande sculpture de Richard Baquié (1985), figurant une sorte d'entrée avec cette inscription en grosses lettres : "*LE TEMPS DE*

RIEN". Ce qui m'aurait étonné, ç'aurait été de lire : "*LE TEMPS DE TOUT*", j'aurais préféré !

// Déjà 17 ans qu'on a découvert la première exoplanète (autour d'un autre soleil), depuis on en a trouvé environ 700

// Un Américain de 48 ans, qui a toujours clamé son innocence du meurtre d'une immigrée soudanaise, a été exécuté mardi soir 25/09/12 au Texas (USA sud). Il est le 30e détenu à être exécuté cette année aux Etats-Unis, le 9e au Texas

// « En Egypte, les libéraux tentent de se ressaisir... » (Delphine Minoui). Ici, en France, on traque sans distinction l'idéologie libérale

// « La nouvelle première ministre québecoise ... » Bonne nouvelle, la presse de France semble avoir entériné ce féminin "première ministre" auquel sont pourtant farouchement opposés les "défenseurs" de la langue, qui tiennent au masculin dit neutre

// « Ces tentatives de remise en cause d'une pratique religieuse et de ses rites fondamentaux (l'abattage rituel ou la circoncision) ne sont pas des accidents de parcours mais le signe que nos sociétés s'arc-boutent contre le fait religieux » (président du Consistoire central israélite). Un verbe qui pourrait au moins s'écrire "s'arcbouter' et qui en l'occurrence signifie résister

// « La paléogénétique, cette nouvelle science qui aurait semblé utopiste il y a seulement dix ans, clarifie à grande vitesse l'histoire de l'humanité » (*Le Monde* 16/09/12)

// Le nombre d'enfants mourant avant l'âge de 5 ans dans le monde a baissé de façon significative en 20 ans : 12 millions en 1990 contre un peu moins de 7 millions en 2011 (*BBCnews*)

// 8h54, *France Culture*, une voix féminine : "quick-book, open-bar, spin-doctor"... Plus tard, sur une autre radio : "baby-clash"... Est-ce que la traduction littérale serait moins signifiante que l'expression anglaise : livre rapide, téléphone intelligent ? Ou trop crue : bar ouvert, bouffe rapide? Les Québécois disent sans-fil et non wi-fi

// Malek Boutih : « Le modèle du premier ministre reste à inventer... Il doit être plus actif, prendre les coups, les anticiper, dégoupiller les grenades... »

// « Il y a 120 000 ans, les températures étaient plus chaudes que celles que nous connaissons, de quelques degrés seulement. Et le niveau de la mer était de deux mètres environ au-dessus de celui d'aujourd'hui. Ces évolutions sont possibles dans un futur proche » (Hervé Le Treut, climatologue)

// « Sereine, Pauline Marois cherchera avant tout à se montrer première ministre » (*Le Devoir*), ou comment les Québécois féminisent sans histoire les noms de fonction (Victor Cherre)

// Une étude récente publiée dans la grande presse, faisant état d'un réchauffement de un à plusieurs degrés du climat en 2050, prédit « des incendies de forêts aux portes de Paris ». Pourquoi dire « aux portes de Paris » ? Fontainebleau est tout de même à 60kms !

// « On voit sur votre "mur" que les pratiques moyenâgeuses des religieux vous mettent en rage, tout comme moi d'ailleurs. Pourtant je ne les affronte pas toujours directement, ne sachant comment il faut le mieux s'y opposer... » (Victor Cherre)

// Les enfants de la bonne société sont privés de télévision toute leur enfance et leur adolescence, ils en en sont protégés par leurs parents qui la pensent mauvaise et même dangereuse pour leurs études. Pourtant, sortis d'une grande école, ils pourront aspirer à devenir haut dirigeant d'une entreprise de télévision où ils ne se gêneront pas de diffuser des programmes populaires dont à leur tour ils mettront en garde leur progéniture...

// Le cinéaste Leos Carax aime les limousines mais n'aime ni le numérique ni les réseaux sociaux

// « Le corps d'un enfant est modifié durablement et de manière irréparable par la circoncision... Cette modification est contraire à l'intérêt de l'enfant qui doit décider plus tard par lui-même de son appartenance religieuse » (Tribunal de Cologne, in *Le Monde* 27/6/12)

// « Il s'agit, je crois, pour nous tous, d'arriver à un usage de la langue qui n'est pas académique, mais qui ne vit pas dans l'oubli de tout ce qui s'est fait avant » (Pierre Michon)

// « Chez nous, l'ouverture d'esprit n'existe pas » (jeune d'un pays sous tradition religieuse, entendu sur *Arte* 23/6/12 vers 19h 40)

// « Député de votre circonscription depuis 2002... j'ai décidé de poursuivre mon engagement en rejoignant le parlement européen ». Autrement dit, cet homme va devenir député européen, après avoir été député national pendant 10 ans. Et ce, sans élection. Il figurait sur la liste de son parti aux dernières élections européennes sans être en position éligible. Depuis, certains sont devenus ministre ou sénateur ou député laissant une place disponible à ceux qui avaient déjà été député ou ministre ou sénateur...

// « Les Européens ne peuvent pas boire du champagne et se faire photographier avec celui qui veut détruire ses opposants », explique Evguenia Timochenko en référence au président Viktor Ianoukovitch, arrivé au pouvoir en février 2010 après avoir battu aux élections sa mère, Ioulia Timochenko.

// Yves-Noël Genod (à propos de "Je m'occupe de vous personnellement", Théâtre du Rond-Point, Paris) : « Bon, première sublime -à mon sens et au sens de quelque-uns, immenses et isolés (à la taille de l'univers)... Toute la presse s'est tirée, sauf Sophie Joubert ! »

// Conseil d'une académicienne : ne pas dire "Waouhhh!", dire: "Oohhh!" (*France Culture*)

// Deux universités américaines, Harvard et le Massachussetts Institute of Technology (MIT) ont décidé de s'allier pour créer une plateforme Internet qui diffusera gratuitement leurs cours (*ZDNet.fr*)

// « Je compte vivement sur votre présence et il va s'en (sic) dire qu'aucune excuse et aucune absence ne sera tolérée ou acceptée. Bises et à samedi. » C'est par ce mail qu'un homme politique a invité ses amis à fêter son anniversaire samedi au bar-club "J'ose", 147, rue Saint-Denis, Paris 2e (*Le Parisien*)

// Déclaration militante d'un garçon de café parisien : « Moi quand j'étais petit, j'ai connu les saisons, tandis que maintenant c'est n'importe quoi ! Oui, quand j'avais 14 ans, l'été on avait chaud, l'hiver il faisait froid, et puis au printemps et à l'automne, on était bien... »

// La souffrance des ces jours : devoir supporter l'image et tous les commentaires qui se rapportent à lui, ce barbare -paranoiaque schizophréne- qui a tué près de 80 personnes un jour de juillet 2011 en Norvège. Est-ce bien nécessaire d'en faire les unes répétées de tous les journaux écrits et télévisuels? Franchement non ! (Aimé Victorin)

// Réutilisation des sites des armées suite à la réforme de la carte militaire, un projet d'installation de studios de cinéma sur une ancienne base militaire près de Toulouse servira l'industrie du divertissement mais plus l'industrie de la guerre...

// « Tant qu'il y a du chômage, eh bien, 30 heures, et puis si il faut, moins, parce que nous on est pour bosser le moins possible et gagner le plus possible. Si on pouvait ne pas travailler du tout, on serait pas contre » (Philippe Poutou)

// Il est mort il y a plusieurs semaines, un mois et demi, pas davantage. C'est fini, personne n'en parle déjà plus, à quoi ça sert de mourir ?

// Dans l'émission de Tewfik Hakem, "Un autre jour est possible" (France Culture), Christian Giudicelli, jeune étudiant monté à Paris en septembre 1961, raconte ne pas avoir entendu parler de la rafle, qu'il appelle ratonnade, du 17 octobre 1961, au cours de laquelle des milliers d'algériens avaient été arrêtés et des centaines de corps jetés à la Seine... Comme quoi l'information circulait très mal, contrairement à aujourd'hui, même s'il persiste à se dire qu'on nous cache tout !

// La "Une" consternante de *Libération* du 27 mars 2012, titre en 2/3 de page « ET SI ON PARLAIT DE LA CULTURE ? » Juste au-dessous, sur l'autre 1/3, une photo de l'ancien candidat potentiel du Parti socialiste mis en examen pour proxénétisme !

// « J'essaie d'inventer un temps constant, durable, permanent... » (Alvigna)

// La rumeur enfle que "j'aurais été son dernier amant", dit à la radio l'auteur d'une biographie de l'artiste en question... Elle enfle où cette rumeur, demande le présentateur de l'émission ? Eh bien, dans un journal dont je ne citerai pas le nom, répond l'auteur

// Sur *France Culture*, Danielle Sallenave fait l'éloge de la salle de classes de toujours (menacée de ne pas se perpétuer ad vitam aeternam), tellement elle a horreur du tout numérique qui se profile. Elle met en avant les bavardages d'antan qui eux portaient sur le cours tandis que ceux d'aujourd'hui non, c'est téléphone, musique et vie extérieure ;;;

// Un académicien en pleine forme : « Le papier est un miroir, il est l'allié de la mémoire »

// Beaucoup de gens influents dans les cercles intellectuels et médiatiques sont totalement non « connectés », hors du monde numérique, et apparemment fiers de l'être. Ainsi Max Gallo qui enchaine livre sur livre comme les cyclistes les étapes peut déclarer à la radio : « Internet ? mais qu'est-ce que j'irai faire sur internet, à quoi bon ? Non, non... » Et ce, avec l'ignorance de l'innocent qui ne sait pas qu'il se prive d'un champ immense de possibilités, alors que cet homme à un savoir digne du Jean Pic de la Mirandole !

// « J'ai coutume de dire que dans les cinq plus beaux moments d'une vie, il y a un (ou des) coup(s) de foudre amoureux, la naissance d'un enfant, une belle performance artistique ou professionnelle, un exploit sportif, un voyage magnifique, enfin n'importe quoi mais jamais une satisfaction liée à l'argent" (Michel Rocard)

// Une femme présente une autre femme: « elle est directeure de... » L'homme de service la reprend : « directrice » !

// « Pourquoi ne pas considérer que sauver la Grèce est stratégique, au lieu de mettre ce pays à genoux ? » (Daniel Cohn-Bendit)

// Aux îles Andamans, situées dans la baie du Bengale, entre Inde et Birmanie, trois langues seraient en grand danger. L'une d'entre elles, le grand Andamanese n'aurait plus que 4 (quatre) locuteurs ! (*BBC news*)

// Les choix sont d'abord affectifs, même chez quelqu'un de très rationnel (Alvigna)

// « It doesn't matter if you're black or white; Asian, Latino, Native American; conservative, liberal; rich, poor; gay, straight..." (Barack Obama)

// Depuis 2010, en Corrèze, des iPads sont remis aux élèves à l'entrée en sixième... Les enseignants, également équipés, l'utilisent peu en classe. Un rapport d'inspection déplore de nombreux freins et le manque d'entrain des proviseurs. Les parents d'élèves de la FCPE clament qu'il y avait d'autres priorités... (*Le Monde*)

// « Vous voyez bien qu'il y a quelque chose là-dessous ! » ("les Idées claires", *France Culture*, Danièle Sallenave, académicienne de France)

// La population chinoise vient de basculer d'une population majoritairement rurale à une population majoritairement urbaine. Ce sera bientôt vrai pour la planète entière

// « Les jours de l'eurocentrisme sont comptés » (Mohamad Mahatir, ancien premier ministre de Malaisie)

// La fin un peu ridicule de « Melancholia » de Las Von Trier, deux jolies actrices tentent de rendre crédible leur peur, prostrées avec un jeune garçon sous une cabane de scout, tandis qu'une pseudo planète s'écrase sur Terre. Qu'aurait été ce film sans la musique omniprésente de Richard Wagner ? (Alexie V)

// La passion administrative : Il est décidé d'instaurer une nouvelle institution pour traiter un problème. Donc un panel de membres élit un président qui va nommer un directeur pour diriger cette institution. Et puis aussi un secrétaire général, pour la faire fonctionner, ce qui implique autant de collaborateurs pour chacun. Et puis tout de suite, en toute urgence, il faut chercher des locaux. Donc trouver des espaces adaptés, tenant compte de la hiérarchie ci-devant exposée. Sans parler du budget à prévoir, toujours trop restreint pour le fonctionnement généré par cette passion-là

// A la RATP parisienne, les tickets de métro s'achètent à une borne machine pas vraiment "top numérique", après un peu de patience, les tickets tombent un par un, clouc clouc clouc clouc... jusqu'à 10, et 20 si vous achetez deux carnets etc. Ce qui parait vraiment long d'autant que ces machines sont toujours situées dans un courant d'air plus ou moins glacial, de toute façon si venteux que vous pouvez attraper un bon rhume de saison, si ça se trouve... (Pierre Bertin)

// « La vindicte ethniciste » qui menacerait la République avec l'extrême droite... (François Hollande, *Libération* 3/1/2011)

// + 15,6° température maxi à Paris le 1er janvier 1883 (*meteo-paris.com*)

// Concept papal romain, noël 2012 : « l'humilité de Dieu ». Lui qui n'en a pas moins créé l'univers infini, qui plus est en expansion croissante selon les scientifiques contemporains !

// Les anciens étaient tournés vers le passé, vers une sorte d'age d'or à jamais disparu. Celui de l'enfance du monde... Complètement pré-freudien ! (Alvigna)

// Russie, 140 millions d'habitants, 17 millions de km2 : 350 députés. France, 65 millions d'habitants, 650 000km2 : 570 députés

// Les experts du GIEC estiment "probable" (soit avec une probabilité supérieure à 66 %) que l'augmentation des températures extrêmes journalières observée depuis 1950 soit liée aux gaz à effet de serre anthropiques.

// « Les hivers seront plus chauds » (Jean Jouzel, climatologue)

// « Le probable, le pire, n'est jamais certain à mes yeux, car il suffit parfois de quelques événements pour que l'évidence se retourne » (Edgar Morin, in *terraeco.net*)

// « Non mais attends, si tu veux être président d'la République, (ce) genre d'embrouilles, tu restes dans la salle de bains, tu dis "Madame, je suis désolé, je suis encore là, voulez-vous repasser", point final ! » (Dodo la saumure)

// **Il faut désormais prendre tous les discours au pied de la lettre, car il y en a trop qui nous embrouillent au-delà de leur apparence de vérité (Victor Cherre)**

2014/13

// Au café "Naguère", on affiche « Heures chanceuses » de 16h à 19h

// Axelle Lemaire sur *Twitter* : « Toc toc toc, la SNCF : on peut se voir pour discuter wifi dans le train ? Merci d'avance ! ;-) » Elle s'est adaptée à la France, au Québec on dit sans fil

//Les animateurs télé : « on va en parler dans un instant, tout à l'heure, dans la seconde partie de l'émission... »

// Le patron d'un café, dénommé "Le starter", organisait des concours de "shooter" (lire shooteur) : boire de l'alcool fort, shot après shot, coup après coup, jusqu'à plus soif. L'un des impétrants est mort au 57ème shot

// Noisy-le-Grand : la suspension pour cause de prosélytisme de l'élu Front National converti à l'islam est levée

// Un chien ne change pas sa manière de s'assoir (proverbe africain)

// A Paris, le projet de la Tour Triangle, Porte de Versailles, est au bord de l'écroulement

// On dit que chaque jour un musée s'ouvre dans le monde

// Au moins 50 migrants en provenance d'Afrique subsaharienne ont réussi lundi à franchir la triple frontière grillagée de 7 mètres de haut séparant la ville espagnole de Melilla et le Maroc. Selon les autorités, environ 300 migrants avaient tenté de la franchir mercredi, pour le deuxième jour consécutif...

// « Aucun président de la Ve République n'avait accepté qu'un journaliste pénétrât (sic) dans les coulisses du palais pour une durée aussi longue » (Vanessa Schneider)

// La journaliste Fabienne Darge : « Comment la surface médiatique de certains personnages de notre petite comédie intellectuelle française peut être à ce point inversement proportionnelle à leur talent »

// Axelle Lemaire, secrétaire d'Etat au numérique: « Pourquoi n'inventent-ils pas des formes futures d'être libraires ?... Pourquoi n'ont-ils pas d'imprimantes 3 D dans leurs magasins pour imprimer les livres à la demande ? »

// Le pic d'audience télé remonte dès qu'un réac antimoderne prend la parole. Si, si ! (Victor Cherre)

// Les gens rétifs au numérique, ou bien ignorants du numérique, qui parlent néanmoins du numérique, ça fait vraiment pitié (Alvigna)

// Where do fairy tales come from? Everyone knows them – but how do they come to be? And why are they similar all over the world? (*bbc.com*)

// Erri De Luca : « J'appelle à la désobéissance ». À 64 ans, le grand écrivain lit la Bible à 5 heures du matin, traduit des livres oubliés du yiddish, et se bat contre la ligne TGV Lyon-Turin (*Nouvel Obs*)

// Ce colloque se donne ainsi pour vocation d'approfondir la question du personnage "farfelu" dans la prose narrative des pays européens de langues romanes des 20e et 21e siècles

// « Pas de grandes réformes, déclare le nouveau ministre de l'économie, mais des petits déverrouillages »

// Dans une boutique de chaussures, le slogan : "Fall is in the air" prend la place de "Un air d'automne"

// En France, 2012, le niveau de vie baisse plus fortement pour les plus modestes et pour les plus aisés... Les inégalités se réduisent légèrement... Le taux de pauvreté diminue, mais l'intensité de la pauvreté augmente... (*Insee* 9/9/14)

// « Beaucoup de livres, partout, ici et maintenant, oeuvrent contre la crise morale et intellectuelle qui fracture la France » (Olivier Frébourg). Beaucoup de livres, partout, ici et maintenant, entretiennent la crise morale et intellectuelle qui fracture la France (Alvigna)

// « Michel Houellebecq ? [...] J'ai lu deux de ses romans. C'est un bon auteur, il me semble. C'est agréable à lire, et il a une vision assez juste de la société » (in "La carte et le Territoire", Michel Houllebecq, 2010)

// La durée des guerres est le temp qu'il faut pour que les belligérants se décident à négocier en vue de parvenir à la paix (Alvigna)

// « M. Lissner a d'ores et déjà prévu de faire jouer à l'automne des oeuvres plus "grand public", garantissant plus aisément des ventes de billets. Ainsi, "Tosca", de Puccini, remplace "Andrea Chénier", de Giordano » (*Le Monde* 11/08/2014)

// « On voit bien », expression d'argumentation de plus en plus répandue qui remplace tout argument raisonnable (Victor Cherre)

// « "Il ne faut rien outrer" lui disait-elle en français » (in "Anna Karénine - Анна Каренина" roman de Léon Tolstoï, 1877)

// Cour européenne des droits de l'homme (CEDH) 1/7/2014 : « The Court was also able to understand the view that individuals might not wish to see, in places open to all, practices or attitudes which would fundamentally call into question the possibility of open interpersonal relationships, which, by virtue of an established consensus, formed an indispensable element of community life within the society in question. »

// Bugue d'un critique, spécialiste de cinéma depuis près de quarante ans, qui veut dire « le cinéma » quand un petit lapsus lui échappe, il dit le « le cinémoi ». Bien compréhensible !

// Les gens ont jamais vu ça, une tempête pareille. Les journalistes disent qu'il faut remonter à juin 2009 pour en trouver une d'une telle ampleur

// « La France fait exception à la tendance de l'explosion des inégalités de revenus après redistribution » (Louis Chauvel, Martin Schröder)

// Amélie Mauresmo, nouvelle entraineure du joueur de tennis écossais Andy Murray

// L'architecte Nicolas Michelin a convaincu des municipalités comme Mulhouse ou Dijon de lui céder des terrains. Supprimant les frais de portage (jusqu'à 20%), en se passant des promoteurs, il sollicite des permis de construire pour des modules de 80 m2 et 5 m de hauteur sous plafond, à cloisonner à leur guise par les futurs habitants, avec des parties communes généreuses (Presse)

// Dominique Noguez mène une enquête en filiation des proverbes et autres idiomaties avec une précision de bénédictin (*Le Monde* 06/06/14)

// Kepler, le télescope spatial de la NASA, a découvert 974 planètes depuis son lancement en 2009

// Illustration de la crise permanente. Dominique Rolin : « J'avais 20 ans, on était en crise à cette époque (1934), comme on l'est maintenant en 1994 » (*France Culture*, "Du jour au lendemain", Alain Veinstein, 1ère diffusion 02/04/1994)

// « En terre sainte », ça parait naturel de dire "en terre sainte" (Victor Cherre)

// Cuba bloque le premier journal numérique indépendant le jour de son lancement... Très peu de Cubains ont accès à Internet ou doivent se contenter d'un Intranet censuré (Presse)

// Condamnation à la peine de mort par un tribunal de Khartoum d'une femme soudanaise de 27 ans pour apostasie, soit : abandon public et volontaire d'une religion

// « Il y a une stagnation notable des salaires réels aux Etats-Unis comme au Royaume-Uni et dans la zone euro (à l'exception de la France) » in "Piketty, l'inflation et les banquiers centraux" (*Le Monde* 3/5/14)

// « On ne cogne pas sur l'Europe quand on veut la construire » (Manuel Valls)

// Ce que fait Michel Onfray en philosophie : « lire l'oeuvre complète dans l'ordre chronologique en confrontation à la correspondance et la biographie » (il en trouve le temp apparemment). Maintenant il va faire de même pour la littérature avec une autre "Contrehistoire", toutefois en s'arrêtant au 20e siècle

// *Le Monde des livres* : « Dans "Une enfance de rêve", l'écrivaine raconte ses jeunes années et éclaire ainsi notre vie à tous. Un chef-d'œuvre (Catherine Millet collabore au "Monde des livres") »

// Catherine Deneuve : « Tout ça, l'actualité, internet, c'est anxiogène ! »

// « Tous les collègues sont d'accord pour penser qu'on va vers l'extinction... » (entendu sur *France Culture*)

// Le numérique, c'est chronophage ? De toute façon qu'est-ce qu'ils font sinon les gens de leur temp libre, s'ils en ont, qu'est-ce qu'ils font de mieux que consulter les réseaux sociaux et les multiples sources d'information ? Hormis lire, aller au cinéma ? Cancaner, jouer aux cartes, asséner des conneries, se bouffer le nez ou se donner de l'importance ? Pour le dernier point ça reste possible en numérique (Alvigna)

// En quittant son ministère de l'Education, l'ex-ministre a déclaré qu'il ne connaissait pas de pays au monde qui maltraite autant sa jeunesse !

// Le Front national, parti normal, sa cheffe reçue aux matins de France Culture, entretien en première page des journaux...

// Selon L'*Argus de l'assurance,* les frais de gestion de la « Sécurité sociale » s'élèvent à 4 % des cotisations, tandis que ceux des mutuelles ou assurances complémentaires représentent de 7 à 27 % du prix des cotisations, avec de très nombreux organismes à plus de 20 %

// Il faut se méfier de l'entêtement, car l'entêtement limite l'intelligence (Alvigna)

// Dans sa petite enfance, il habitait un village où l'on se chauffait beaucoup au bois -dont on sait qu'il émet des particules fines, et pourtant on disait que l'air à la campagne était pur

// L'accent circonflexe sur le o de bientôt pourrait bientot disparaitre (Victor Cherre)

// « Paris sera une ville toujours plus accueillante et toujours plus innovante, toujours plus gay-friendly et toujours plus geek-friendly. D'ailleurs ça va ensemble, cherchez bien, vous verrez, ça va ensemble » (Anne Hidalgo, Cirque d'hiver, Paris, 13/3/2014)

// « Messieurs, mesdames, il est l'heure d'agir, le temps est venu d'avoir une meilleure vie, celle que chacun mérite ! Le temps est venu de pouvoir payer de nouveau des vacances à nos enfants. Le temps est venu de sortir dans les rues sans craindre de se faire agresser. Le temps est venu de manger à notre faim. Le temps est venu de ne plus être à découvert. Le temps est venu d'aimer son voisin... » (*Le Monde.fr* 07.03.2014 11h56 Alexa Vanwesemaël, étudiante terminale ES)

// « On a évidemment le droit de ne pas aimer "La vie d'Adèle", on a le droit de refuser le discours social rageur et clivant de Kechiche, le droit de moquer ses visions cliché d'une lutte des classes qui peut paraitre has been... Mais pas de refuser d'admettre la force surpuissante de son cinéma... » (Gaël Golhen, *Première*)

// Hier c'est deux mille migrants qui ont tenté un assaut massif à Melilla. Réaction du ministre espagnol concerné: demander des crédits à Bruxelles pour installer une quatrième grille à la frontière. Mieux vaudrait lancer la construction du "Pont d'Algeciras" ! (Alvigna)

// Suite à un nouvel assaut massif, deux cents migrants ont réussi à franchir la triple frontière grillagée qui sépare la ville espagnole Melilla du Maroc. Ceci démontre l'intenabilité d'une enclave d'un pays dans un autre

// Urgent. Amas géant de déchets entre le Pacifique nord, Hawaï et la Californie : Lancer une action internationale d'envergure pour nettoyer ça !

// Il y a moins de morts dans les guerres actuelles par rapport à celles des années 1990 en Afrique, mais il y a énormément de réfugiés. Sans doute plus que jamais, ou jamais autant

// Le système éducatif a comme premier objectif le bien-être de l'élève. Où ? En Finlande

// En 2013 la France a consommé 75 millions de tonnes de produits pétroliers, comme en 1985, bien que son produit intérieur brut ait augmenté de 80 %

// Je ne pense pas aller voir ce film ou lire ce roman car sa démonstration est déjà contenue dans les trois lignes de présentation (Alvigna)

// Equipement des Vikings, leur épée était capable de percer la cotte de maille. De nos jours, l'un de nos équipements les plus répandus est le téléphone intelligent, tenu à la main pour lire le dernier texto reçu ou pour se diriger vers l'endroit où on veut aller. Et, parfois, le bagage à roulettes qui suit accroché à l'autre main

// Les insecticides, herbicides, fongicides etc. interdits en France dans les espaces verts publics. Quand ? à partir de 2020. Et dans les jardins particuliers? En 2022

// Ici, à Saint Denis, ailleurs, à Berlin par exemple, des services hospitaliers reviennent sur la barbarie des traditions telles celle de l'excision, dans des services dits de réparation vulvaire

// « Les racines sont ancrées profondément dans notre société et notre caste » (Kavita Krishnan, All India Progressive Women's Association)

// Il est rare de lire quelque chose contenant vraiment de l'info

// Thomas Ostermeier présente au Théâtre de la Ville "Un ennemi du peuple", d'Henrik Ibsen, qui brosse un portrait cinglant de la démocratie d'aujourd'hui et de ses dysfonctionnements (Presse)

// « Depuis cinquante ans, les canicules sont plus fréquentes, plus longues et plus fortes, en Australie, constate Will Steffen, chercheur à l'université de Canberra. Et il est impossible, assure-t-il, d'expliquer une telle tendance par des phénomènes naturels »

// « Tapez sur Google », urge Plantu à Finkielkraut. Mais ce dernier ne va jamais sur internet !

// Parmi les mots nouveaux de 2013, selon la presse, un seul sonne francophone : "vapoter"

// « Je ne suis pas écrivain » (Bernard Pivot, président de l'académie Goncourt)

// La répression politique continue à Cuba. Ainsi le mois de décembre 2013 aurait connu un pic avec plus de 1000 arrestations de dissidents. Il n'y a toujours pas d'opposition légale à Cuba

// « Je remarque qu'à ceux qui accèdent aux postes, on dispense, je trouve, beaucoup d'indulgence (quant à la QUALITE des spectacles) (comme avec les politiques) comme si l'ŒUVRE était d'accéder aux postes » (*Le dispariteur*, Yves-Noël Genod)

// Les rumeurs sont incontrôlables. Où ? Ici ? Sur internet ? Via les réseaux sociaux ? Non, en Centre Afrique où il n'y a pas d'internet ou si peu. Et c'est pire !

// Tandis que le sieur Alvigna se déclarait libéral, au sens international, un ministre de gauche, tendance anti-néoliberale, expliquait qu'il venait de prendre une mesure libérale, « mais pas au mauvais sens du terme » ! S'agissait d'organiser la concurrence chez les opticiens

// Le timbre fiscal pour les passeports pourra s'acheter sur internet, donc autrement que sous sa forme vieillotte de "timbre". Quand ? Pas avant la fin 2014. Cause de délais administratifs incompressibles

// La nouvelle, en tout cas pour les gens qui ont 20 ans en 2013, ce n'est pas d'apprendre que les importations dites "libres" de voitures sont désormais autorisées à Cuba. Non, la nouvelle, c'est qu'elles étaient interdites depuis plus de 50 ans (Victor Cherre)

// Titre en une du journal *Le Parisien* du 19/12/13 : « La violence baisse, la peur augmente »

// *France Culture*, ce samedi 8h30 : « La couverture des faits divers par les journaux télévisés a doublé en 10 ans, la criminalité en France n'a pas doublé en 10 ans ? » Réponse : non, elle a diminué de moitié depuis les années 1990

// Le Népal est le seul pays, en Asie du Sud, à ne pas pénaliser l'homosexualité (*Le Monde* 12/12/13)

// Les feux de cheminée en foyer ouvert sont interdits à Paris depuis mardi (10/12/13). Mesure annulée quelques jours après

// « There are too many leaders who claim solidarity with Madiba's struggle for freedom, but do not tolerate dissent from their own people » (Barak Obama)

// Paris est la ville du monde où il y a le plus de bibliothèques... La France est le pays eu égard à sa population qui publie le plus de livres annuellement : 70 000 titres !

// Une partie des 1000 tonnes d'armes chimiques syriennes sera détruite en mer sur un navire appartenant aux États-Unis

// Il n'y a plus qu'une seule mine en France, de sel, à Varangéville (Meurthe-et-Moselle), après la fermeture des ardoisières de Trélazé près d'Angers

// « Les gens connus de la télévision sont en majorité des gros cons et des gros beaufs » (Solweig Lizlow, Miss météo du Grand journal sur *Canal+* saison 2011/2012)

// Lucien Neuwirth, déclaré « père de la pilule contraceptive » par les médias, à l'annonce de sa mort, avait fait voter contre son camp, en 1967, la loi autorisant la pilule contraceptive

// « Lors de mon dernier spectacle à la Ménagerie de Verre, à Paris, il y a quelques jours (titré "Un petit peu de Zelda"), j'ai demandé à une comédienne, Diane

Regneault, qui parle roumain de s'habiller en conséquence et de jouer une Rom mendiant à l'entrée du théâtre » (*Le dispariteur*)

// Sic : L'attitude de son premier secrétaire, qui a pris ses fonctions il y a un an, est loin de faire l'hunanimité (*Le Monde.fr* 9/11/2013 15h28)

// Le président et chef du parti communiste chinois, Xi Jinping, abolit le système de la rééducation par le travail (*laojiao*), arbitraire et sans aucune procédure, instauré par Mao moins de dix ans après sa prise de pouvoir (1949) dont la presse dit qu'il concernait encore des centaines de milliers de prisonniers

// L'affirmation selon quoi la tendance au réchauffement de la basse atmosphère (qui a été d'environ 0,12°C par décennie entre 1951 et 2012), n'aurait été que de 0,05°C entre 1998 et 2012 serait expliquée par un défaut de prise en compte des températures sur l'Arctique

// C'est la première fois qu'un iceberg de la taille de Manhattan (détaché début juillet du glacier de Pine Island, Antarctique ouest) est surveillé en temps réel par une équipe de chercheurs de l'université de Sheffield afin de prédire sa trajectoire dans l'Atlantique

// 65 % des parents d'enfants scolarisés en primaire estiment que le gouvernement devrait abandonner la réforme des rythmes scolaires, selon un sondage *CSA*

// Tandis que New York vient d'élire un maire libéral (non pas de droite comme en France, mais de gauche au sens américain), la presse française souligne que le leader chinois Xi Jinping a mis la barre "à droite" en économie, alors qu'il avait pour l'instant gouverné "à gauche", c'est-à-dire en conservateur, tel qu'on l'entend en Chine. C'est-à-dire encore qu'ainsi il suivrait désormais une ligne progressiste

// Je tiens à remercier le directeur de nous avoir accueillis. « Il ne l'avait pas encore lue, il a dit : "cette pièce je la veux", et il a offert le grand plateau de son théâtre » (*France Inter*, 9h 57, 11/11/13)

// La maire (Fase, Fédération pour une Alternative Sociale et Écologique) de Saint-Ouen demande au ministre de l'Intérieur d'intervenir rapidement pour faire évacuer un camp de Roms où vivraient près de 800 personnes (*Le Parisien*)

// Qualifié de « figure majeure de la sociologie française », Alain Touraine publie un nouvel essai intitulé "La Fin des sociétés", tandis que Ceton annonce « la fin de la société des bureaux » (Alvigna)

// Noté entre autres, cette bribe de phrases: « Aujourd'hui, face au déchaînement de la violence antidémocratique à travers le monde... » dont on peut se demander si elle n'est pas le copié-collé d'un écrit d'avant 1914, et non pas une phrase rédigée en 2013 où il n'y a jamais eu autant d'élections démocratiques organisées à travers le monde (Victor Cherre) ?

// Pensez donc à Bernanos : « Les ratés ne vous rateront pas » (Yann Moix)

// Des planètes comme la Terre sont relativement fréquentes dans toute la Voie lactée (Andrew Howard, astronome)

// L'OCDE indique que la France a enregistré une hausse cumulée du revenu disponible des ménages d'environ 2% entre 2007 et 2011, contre une baisse de 2% dans la zone euro

// L'article du quotidien réformateur iranien *Bahar,* qui a provoqué l'arrestation de son directeur, remettait en cause la désignation de l'imam Ali par le prophète Mahomet comme son premier successeur, ainsi que le croient les musulmans chiites, contrairement aux sunnites

// Prévision :120 000 étudiants supplémentaires en France à l'horizon 2022, Il y en aurait ainsi près de 2,6 millions contre 2,4 millions en 2012, soit une augmentation de 8%

// Michel Rocard : le temps de travail annuel en France, c'était 4000 heures en 1900, 3000 en 1945, 1600 en 1975... En 2013 ? Une moyenne de 36,5 h par semaine, soit toujours 1600 heures par an !

// Constat : « Légère baisse du nombre de cyclones... hausse des cyclones les plus intenses... » Pronostic : « On va aller vers des phénomènes plus puissants, associés à des pluies plus intenses » (Fabrice Chauvin, chercheur, spécialiste des cyclones)

// Au cours du 20e siècle, l'élévation du niveau marin a été de 17 cm. La tendance est à l'accélération. Depuis 1990, la vitesse d'augmentation du niveau de la mer est d'un peu plus de 3 mm/an

// Les USA qui a une époque fomentaient ou soutenaient des coups d'Etat (en Amérique du sud notamment), viennent de limiter leur aide militaire à l'Égypte tant que des élections libres n'y seront pas organisées

// Amazon ne paie les livres que lorsqu'ils sont vendus, contrairement aux librairies locales qui les règlent dans le mois et se font rembourser les invendus dans les 6 mois. Les éditeurs devraient traiter pareillement les librairies et pas faire leur trésorerie sur leur compte (Victor Cherre)

// Le style de plus en plus court d'Alvigna : « Argument : Pratiquée depuis des millénaires, la circoncision... Preuve de rien du tout ! »

// Selon le dernier rapport sur les exportations d'armement remis au Parlement en 2013, l'Arabie

Saoudite reste le premier client de la France sur la période 2003-2012 avec près de 7 milliards d'euros de contrats, devant l'Inde et le Brésil

// Les publicités radio-télés pour les mutuelles, les assurances, les banques (et quoi encore?), c'est vraiment de la propagande (Pauline Dezert)

// Was there anything that she refused to do ? « Yes, cunnilingus ! » Seydoux laughs. "We had fake pussies on. You have something to protect and tape it under. I don't make love on screen... » (*The Independent*, Friday 04 october 2013)

// La fille en couverture du dernier *Lui* (magazine pour hommes d'intérieur des années 1970, relancé le mois dernier), on voit bien qu'elle est en train de retirer sa culotte pour s'assoir sur le siège (Alexie Virlouvet)

// Après l'adhésion, la semaine dernière, de la Syrie à l'OPCW (Organization for the Prohibition of Chemical Weapons) seuls Israël, l'Egypte, la Corée du Nord, la Birmanie, l'Angola et le Sud Soudan n'en sont pas membres

// Le climatologue Hervé Le Treut : « La phase actuelle de réchauffement moins rapide semble due à des phénomènes de fluctuation des températures du Pacifique »

// Les experts du climat (GIEC) aggravent leur diagnostic : ... « Le réchauffement moyen depuis 1880 est désormais de 0,85 °C et les trois dernières décennies sont "probablement" les plus chaudes depuis au moins mille quatre cents ans » (*Le Monde* 27/09/2013)

// Le slogan répété en forme de menaces selon quoi l'énergie sera de plus en plus chère est probablement inexact. En effet plus l'énergie solaire qui est potentiellement infinie sera maitrisée, et utilisée, et plus elle deviendra bon marché (Victor Cherre)

// Sur Dominique Noguez (Jérôme Garcin, BibliObs 20/09/2013 10h56) : « Il lui aura en effet fallu solder cette mésaventure pour réaliser qu'il n'avait jamais, de toute son existence, connu de grand amour, un "amour" vraiment partagé où le corps est la rime du corps, où chaque élan rencontre un élan symétrique, sans réserve, sans calcul, sans limites »

// L'intérêt de regarder de vieux films : voir combien le monde et le mental ont changé (Alvigna)

// « Sauf décès, "S'il se passe quelque chose", deuxième présentation publique (pff, comment on fait quand on a pas envie de dire "show-case" ??) à la rentrée, au Théâtre de Dix Heures » (Vincent Dedienne)

// L'agressivité publicitaire des mutuelles complémentaires santé -qui d'ailleurs ne sont plus guère des mutuelles, mais des entreprises commerciales-, démontre combien elles ont besoin de patients pour prospérer. Démontrerait aussi qu'elles ne sont pas forcément au service des patients (Pauline Dezert)

// Paris ? « L'accès au Wi-Fi est quasi universel, en accès libre et gratuit dans les aéroports, sur la ligne circulaire du métro et dans quatorze parcs publics de la capitale. Les restaurants servent à toute heure du jour et de la nuit, les théâtres font salle comble, les salles de concert aussi, les endroits branchés poussent comme des champignons... on peut faire les courses à minuit... » (Marie Jégo in *Le Monde*). Non, il s'agit de Moscou

// Une thème du mouvement de mai 1968, ré-entendu à l'occasion d'un film : la primauté de la réalisation personnelle. Ce qui va avec la revendication de l'autonomie

// Alors que la ministre des droits des femmes milite pour l'abolition de la prostitution et la pénalisation des clients, sort ce 22 aout 2013 un film intitulé "Jeune et Jolie", dans lequel une ado des beaux quartiers se prostitue, « par choix » selon la presse qui a encensé le film à Cannes, avec le soutien bien sûr du magazine *Télérama*

// « Comment peut-on (c'est chaque année la même chose !) décréter que tel ou tel livre est le meilleur de la rentrée, étant donné qu'il sort environ 500 romans et qu'on n'en lit qu'une cinquantaine, grand maximum... et qu'on reçoit tous les mêmes auteurs ?... » (Le critique Guillaume Cherel)

// Presse : Le sentiment du dommage écologique et, par suite, celui de la catastrophe de l'avenir sont désormais beaucoup perçus chez un public massif, voire chez les gens peu éduqués. Il faut dire que depuis dix ans au moins, médias, auteurs et livres de type grand public s'y sont mis à fond pour décrire les dangers, mettre en garde, tirer la sonnette d'alarme etc. (Victor Cherre)

// Alvigna : En général, et toujours, se détourner du modèle d'organisation militaire qui reste présent à peu près partout enraciné

// Dans la rubrique "Le désarroi des clercs" : « On le voit bien dans notre société, tous les liens qui se défont, les familles qui vont vers la désagrégation, les liens de travail qui se défont, la précarité généralisée des subjectivités, et ça monte ! » (Collette Soler)

// Le bornage des routes et la signalisation des noms de village en France ont été réalisés en 1912 /13

// « La vie tout le monde aurait si bien pu s'en passer » (Jean-Jacques Goldman)

// Le budget de l'Assemblée nationale française, avec ses 577 députés (l'une des plus pléthoriques au monde avec l'italienne), a continué de s'accroître en 2012 de quelques 15 millions d'euros par rapport à 2011 pour dépasser 541 millions

// « C'est tout le problème du livre... Qu'est-ce que Duras avait dit en français ? Comment est-ce que cela a été traduit en italien ? Et ensuite retraduit en français ? » (Annalisa Bertoni, à propos de "La Passion suspendue" de Leopoldina Pallotta)

// « D'une manière générale, les élèves d'aujourd'hui sont moins cultivés en sciences exactes. [...] moins structurés intellectuellement. Mais je les trouve plus mûrs dans leur compréhension géopolitique du monde. On dénote chez eux un appétit, une curiosité. Leur maîtrise des outils numériques est bien entendu plus grande que celle de leurs prédécesseurs. » (Pierre Tapie 16/07/2013)

// La loi qui légalise en Angleterre et au Pays de Galles le mariage homosexuel, votée ce mardi 16 juillet 2013 en troisième lecture à la Chambre des communes, ne pourra pas être appliquée avant l'été 2014

// Selon la FAO, les productions mondiales de céréales pourraient atteindre, en 2013, un record historique à 2 479 millions de tonnes, soit + 7,2 % par rapport à 2012

// Nouvelles d'Europe : L'union bancaire, c'est fait. Pardon, c'est acté. Ce qui veut dire? Qu'elle entrera en vigueur courant 2014 !

// Lu trop vite un titre de presse : .. « Projet de réforme de l'Académie... » Hélas non, pas de la française, ç'aurait été plus étonnant qu'un tremblement de terre à Paris... S'agissait de celle des sciences en Russie et non de www.academiefancaise.fr. Attention, dans l'adresse net, pas d'accent sur le e de académie ni de cédille au c de française !

// Dans la nuit, un réveil inopiné, je me surprends à dire : « Et toi ? »

// Le rire est le propre de l'homme, disait Bergson. Oui, à quoi il faudrait ajouter « la pensée ». Et aussi, et surtout, l'entêtement (Alvigna)

// « L'extrême droite au pouvoir dans quatre ans », titre *Les Inrocks* pour une interview de Bernard Stiegler. Sauf que dans le texte il dit : « Si la gauche n'ouvre pas très vite une perspective nouvelle, l'extrême droite sera au pouvoir dans quatre ans ». Avec des si et un conditionnel, c'est pas pareil !

// « On va droit dans le mur » était jusqu'alors l'expression consacrée des discours catastrophistes. En voici une variante entendue sur la radio *RFI* : « Il va falloir changer de cap pour arriver à surmonter le mur dans lequel on est déjà rentré » (Anne-Sophie Novel)

// « J'ai l'impression qu'il devient difficile de trouver le ou les livres que l'on cherche dans une librairie. Un absolu paradoxe. Les rayons sont pleins, mais dès que l'on veut quelque chose de précis, il y a de très fortes chances pour qu'elle ne s'y trouve pas » (Xavier Houssin)

// En 2009, M. X est nommé à la tête du Bureau de recherches géologiques et minières (BRGM), l'un des plus beaux postes de la République

// Le parlement européen vient de voter la mise en place d'un régime commun européen d'asile, soutenu par les 27 Etats de l'UE, qui est plutôt plus favorable aux demandeurs d'asile qu'actuellement. Mais pourquoi cette mise en place n'interviendra pas avant le deuxième semestre 2015 ?

// Eric Chevillard :« L'amour gît dans les détails, et la littérature dans le fossé. » (dernière phrase de sa critique d'un roman attaqué en justice par Scarlett Johansson)

// *Libération* : « Comment expliquer que les groupuscules d'extrême droite et les antifascistes se soient entichés des mêmes marques, Fred Perry et Ben Sherman en l'occurrence ? » Marc-Aurèle Vecchione : « Parce que les racines de leurs mouvements sont les mêmes : les skinheads. Les deux ont divergé entre redskins et skins d'extrême-droite, mais l'origine est la même. »

// « En tant que lesbienne, dit Julie Maroh (la dessinatrice de la Bande dessinée "Le bleu est une couleur chaude" à l'origine du film "La vie d'Adèle") il me semble clair qu'il manquait sur le plateau des lesbiennes. Je ne connais pas les sources d'information du réalisateur et des actrices qui jusqu'à preuve du contraire sont tous hétéros... »

// Drôle de phrase datant de 1966 de Michel Foucault : « On a découvert il y a 50 ans que la littérature n'était plus faite pour distraire » ! (avec Joyce ?)

// Un monde aux ressources finies ? En tout cas pas celles provenant du soleil, ni des marées ni du vent... (Alexie Virlouvet)

// « Le silence de l'administration vaudra désormais autorisation et non plus rejet » (François Hollande)

// L'éolien, le solaire et la biomasse deviendront plus efficaces et rentables en 2030.... D'ici à 2050, on stockera mieux l'électricité... En 2100, on peut imaginer que nous aurons des sources d'énergie propres et illimitées (Laurence Tubiana, Conseil national du débat sur la transition énergétique)

// « La mondialisation fait reculer la pauvreté mais avive les inégalités sociales partout » (Pascal Lamy)

// « Le procédé expérimental d'enregistrement du son en mode dit "binaural" permettrait de mieux distinguer les intervenants, dans les débats, lorsqu'ils parlent en même temps » (M. Déjardin)

// La dernière fois que la planète a connu une concentration de plus de 400 ppm de CO2 (qui pourrait être atteinte dans quelques années), c'était il y a entre 3 et 5 millions d'années durant l'ère du pliocène

// Dans l'affaire Timochenko c. Ukraine concernant la détention de l'ex-Premier ministre Ioulia Timochenko, la Cour européenne des droits de l'homme estime qu'il y a eu des violations de l'article 5 et 18 de la Convention...

// « On a bu du champagne en lisant l'évangile. Je vous le conseille, c'est pas mal » (Curé de la Trinité-en-Beaujolais, Rhône 19/4/2013)

// France: à partir de septembre 2013, tout citoyen pourra saisir la police des polices sur le site internet du ministère de l'intérieur

// Argentine, "Les 500 bébés volés de la dictature", film de Alexandre Valenti

// En Europe, les températures étaient plus élevées au Ier siècle (entre 21 et 80 après Jésus-Christ) qu'à la fin du XXe siècle, probablement en raison d'un changement d'angle de l'orbite du Soleil et d'une absence d'éruptions volcaniques (*Le Monde* 22/04/2013)

// Alvigna n'est pas d'accord, il trouve que ce n'est pas la bonne critique à faire, ou plutôt que ce n'est pas le bon niveau d'observation

// Deux vieilles femmes, accusées de sorcellerie, ont été décapitées publiquement en Papouasie Nouvelle Guinée, après avoir été torturées pendant trois jours par une foule en colère. Le mois dernier une femme avait été pour les mêmes raisons dénudée et brulée vive en public, tandis que six autres femmes avait été torturées au fer rouge lors d'une cérémonie de sacrifice (*Agence France Presse*)

// Le menteur qui a du reconnaitre avoir menti, aujourd'hui dément une nouvelle information. Qui le croira ?

// « Je ne me souviens plus qui a payé l'avion pour le voyage à Beyrouth (en 2003)... Peut-être moi. Pour le voyage à Londres, nous étions une trentaine et il avait tout payé. Concernant les trois jours avec lui à Venise, je voulais régler mais il a insisté... J'ignorais évidemment que Takieddine ne payait pas d'impôts ! » assure Jean-François Copé, ministre délégué au Budget de 2004 à 2007 (*Journal du Dimanche* 19/11/11)

// Aux élections syndicales du mois de mars, le groupe des libéraux a détrôné les représentants des Frères musulmans dans 11 des 15 facultés de cette université du Caire... À l'échelle nationale, les libéraux ont remporté 66 % des sièges dans les 21 universités publiques du pays (Delphine Minoui)

// Et si l'absence d'espoir était une nouvelle liberté

// "L'handicapé informatique" (selon ses propres termes) de service, ce samedi matin sur la radio culturelle : « une criminalité toujours croissante... une violence qui monte, qui monte, qui monte... »

// En réponse au maire de Paris, ce slogan affiché sur une façade d'école du 14e : « Tous ensemble contre la réforme pour le bien des enfants »

// La honte du sans-gêne. Un ancien présentateur de Journal télévisé utilise un bout de phrase de René Char comme titre de ce qu'il appelle ses mémoires. Citons la phrase entière de René Char : « Un poète doit laisser des traces de son passage, non des preuves. Seules les traces font rêver »

// L'Indonésie veut préserver une tradition bien ancrée dans ce pays musulman, à savoir l'excision qui, selon des représentants du culte, « garantit la pureté sexuelle » des femmes

// Jeudi après-midi, un avion parti de Detroit à destination de Paris a dû faire une escale imprévue à Terre-Neuve pour y déposer un malade, rallongeant ainsi d'une heure son vol. En conséquence, le commandant de bord a décidé de s'arrêter à Brest, afin de ne pas dépasser le temps de travail fixé pour le personnel navigant. 4h 30 plus tard, un équipage de relève dépêché de Paris a permis de reprendre le vol jusqu'à Roissy !

// « Il y a unanimité sur un point, la semaine de quatre jours n'est pas bonne pour eux (les enfants), pour leur santé » (Maire de Paris)

// « Bon appétit ! » souhaite le nouveau Pape à la foule, en habitué des gens bien nourris, trois repas quotidien, tartines le matin, entrée plat dessert midi et soir

// « La coupure de deux jours le week-end est une rupture du rythme de l'enfant, qui a du mal ensuite à se remettre en classe le lundi matin » (Maire de Lille)

// Le spectacle donné sur la Place Saint-Pierre à Rome hier soir 13 mars 2013 était pacifique. A ses fidèles, le père a souhaité « bonne nuit, reposez-vous ! »

// « La semaine de quatre jours étant un contresens biologique », il faut donc selon l'Académie de médecine rétablir l'école le samedi matin « pour éviter la désynchronisation inévitable de l'enfant en début de semaine »

// L'image de télévision la plus dérisoire des temps numériques : la nouvelle installation sur un toit d'apparence normale d'un tuyau métallique basique censé être la cheminée de la Chapelle Sixtine à Rome

// "Un académicien français" femme, qui refuse la féminisation des noms de fonction, croit plus important de s'attaquer à la différence de traitement (salaire) entre homme et femme dans l'entreprise plutôt que d'écrire professeure ou ingénieure. Et si au contraire il fallait commencer par là ?

// En France, il y aurait 40 000 morts par an à cause de l'alcool, 40 000 morts à cause du tabac, et 40 000 morts à cause des moteurs diesel... Le chiffre retenu, c'est 40000 ! Les gens qui balancent des chiffres comme ça, ne sont pas très sérieux (Victor Cherre)

// Le Hamas ayant refusé de laisser participer les femmes au marathon de Gaza, l'agence de l'ONU pour les réfugiés palestiniens n'organisera pas la course prévue le 10 avril prochain.

// Le grand échec de l'église catholique, c'est d'être toujours dirigée par des hommes, et que par des hommes, donc d'être restée, comme d'autres religions, à la structure sociale de sa source (Alvigna)

// Annonce ministérielle de la formation au numérique de 150 000 enseignants dans les deux ans, et de l'introduction de cette discipline dans les enseignements scolaires à partir du primaire (en France, 2013)

// A nouveau un article sur l'infertilité croissante des hommes en Occident. Plus précisément sur la diminution du nombre de spermatozoïdes "efficaces". C'est peut-être que les occidentaux ne font plus des enfants comme les lapins, ainsi qu'ils le faisaient encore il y a moins d'un siècle... (Alvigna)

// Tandis que Nathalie Kosciusko-Morizet, nouvelle candidate à la mairie de Paris, danse en cuir sur la piste du Grand Palais à la soirée techno de Radio FG, l'ancienne ministre de la justice Rachida Dati, également candidate, décline un parler direct avec un de ses collègues du Conseil de Paris : « Tu te prends pour quoi pour me parler sur ce ton ? Tu t'y crois autorisé parce que j'ai refusé de coucher avec toi ? »

// Une chroniqueuse lit, sans rire, un texte rédigé en écrit classique (passé simple + vieilles formules), et donc parle une langue qui ne se parle plus. Pour se moquer, elle passe à un moment à ce qu'elle croit être un langage "texto", et cela fait rire ses collègues !

// En Inde, les observateurs remarquent une pratique de plus en plus répandue du baiser sur la bouche, même en public

// La bonne nouvelle du jour: la décision du président Obama de réduire d'un tiers l'arsenal nucléaire américain, de 1500 têtes à 1000, donc il en restera mille !

// Des tablettes numériques ont été distribuées par le département aux collégiens de Corréze, aussitôt des policiers sont venus leur expliquer les dangers d'internet

// Le journal (papier), devenu le journal parlé, puis le journal télévisé. Et maintenant le journal électronique, numérique, en ligne, constamment mis à jour

// Depuis quelques années les boutiques de boucherie ne sont plus rouge sang, mais ont pris lors de rénovation un décor nouveau : couleur gris noir

// Un côté triste qu'a la vie, que j'avais toujours essayé d'éviter. Sans parler du tragique de la vie que tous les jours on devrait combattre (Alvigna)

// C'est très difficile de stocker de l'électricité, elle est parfois « perdue simplement par manque de demande en électricité » (Gouvernement belge)

// Google a publié une carte actualisée de la Corée du Nord identifiant notamment les sinistres camps d'internement du régime communiste, ainsi qu'un site de recherche sur le nucléaire (*Lalibre.be*)

// 3 645 personnes ont trouvé la mort sur les routes de France en 2012 contre 3 970 en 2011. Tout de même encore 300 morts par mois et 10 par jour, même si c'est le signe d'une évolution des comportements vers des modes plus civilisés. D'ailleurs c'est la mortalité routière la plus faible depuis l'apparition des statistiques en 1948 !

// Entendu à la soirée Liao Yiwu au Palais de Tokyo, Paris : « Si on accepte le système dictatorial chinois sous couvert de sa réussite économique, c'est ce système qui gangrènera le nôtre ». Certes pas de raison de l'accepter, mais en réalité, c'est tout le contraire qui est en train de se passer, c'est notre système démocratique qui va démembrer leur système. Comme cela est arrivé et arrive partout

// Depuis hier je vois à travers des dépêches d'agence que des djihadistes rebelles qui ont mis la main sur le sur le Nord du Mali, et y imposent leurs lois, progressent vers le sud à vive allure, et sont en chemin de prendre le contrôle du pays tout entier sans que rien paraisse pouvoir les arrêter (Alvigna)

// Sur les télés d'info permanente, les séquences d'images choisies pour illustrer un "sujet" ou une "entrevue" sont souvent trop courtes, donc elle repassent en boucle le temp qu'il faut. Ainsi peut-on voir telle personnalité apparaitre plusieurs fois par la même porte ou des soldats décharger du matériel puis le décharger encore... Comme si les médias manquaient cruellement d'images ! (Victor Cherre)

// Des compagnies américaines de films pornographiques entreprennent des actions pour contourner un règlement imposant aux acteurs pornos de "porter" des préservatifs lors des tournages à Los Angeles County

// « Une loi vient de passer en URSS qui condamne l'homosexualité beaucoup plus fort qu'avant, avec une aggravation incroyable de la peine, huit années je crois au lieu de quelques mois... » (André Gide, octobre 1934)

// Conversation de café : « Internet c'est bien pour réserver un billet de train ou d'avion, sinon ça va casser le commerce, y aura bientôt plus personne dans les rues... »

// Entendu dans une brasserie : « La taxe de 75% sur les revenus supérieurs à 1 million d'euros a été une connerie finalement. La bonne question aurait été de se demander pourquoi des gens qui gagnent beaucoup d'argent quittent la France, et qu'est-ce qu'on peut faire pour qu'ils y restent et payent des impôts, non ? »

// « Je pense que Sartre est la raison du si regrettable retard culturel et politique de la France. Il se considérait comme l'héritier de Marx, l'unique véritable interprète de sa pensée: c'est de là que sont les ambiguïtés de l'existentialisme » (Marguerite Duras, 1987)

// A la fin du 19e siècle, la grande majorité des livres imprimés étaient des livres de dévotion

2016/15

// Selon Jérôme Garcin, Pascal Quignard, « cet écrivain de jadis, n'a pas internet et a sectionné les fils électriques de ses sonnettes »

// « Il faut garder les pieds sur terre » dit Thomas Pesquet, spacionaute français, prochain passager de la Station spatiale internationale

// Un rapport volontairement alarmiste, parce que si on ne fait rien, ça sera la catastrophe (capté sur *RFI*)

// Quand un intello prend position contre les néo-reacs c'est presque toujours un penseur de la pensée critique à la langue de bois, ce qui ne fait que renforcer la force des néo-réactionnaires

// Jacques Attali : je suis trop informé pour vous répondre (*BFM TV*)

// L'accord sur le nucléaire iranien est le produit de négociations « intelligentes, patientes et disciplinées. Nous avons réalisé des progrès historiques grâce à la diplomatie sans passer par une nouvelle guerre au Moyen-Orient » (Président Obama)

// L'autre qui prend un air de prie-Dieu pour dire qu'aujourd'hui en Occident il n'y a plus d'utopies !

// En France, la route réalise 288 milliards de tonnes kilomètres du transport terrestre de marchandises, contre 9 seulement pour le transport combiné rail-route

// Violée, une adolescente est inculpée pour adultère en vertu de la "charia". A part l'absurdité évidente, le plus choquant là, c'est le « en vertu » (Alexie Virlouvet)

// 2015, troisième année la plus chaude en France depuis 1900. Pourquoi 1900 ? Généralement les premières observations sont datées de 1860 ? A moins d'un année chaude en 1900 ?

// Le slogan prometteur d'une télé d'info permanente : « Davantage d'infos en 2016 ! »

// « Les éditeurs peuvent être corporatistes, attention ! », prévient un connaisseur du milieu. Ça veut dire que les éditeurs peuvent être solidaires entre eux à l'égard d'un écrivain qui veut faire le malin

// La RDC, victime du réchauffement climatique. Il y a davantage de pluies, de moins bonnes récoltes, donc de la sous-alimentation

// Tout le monde semble trouver normal d'entendre que l'Ile de France est tombée dans 'l'escarcelle" de la droite. Ou que le Président est allé voter dans son "fief" de Corrèze. Entre autres

// Accumulation des prophètes de malheur, tous les jours il en apparait de nouveaus. Avec leur flot d'annonces catastrophisantes, parmi les dernières : « un monde de violences tous azimuts est en germes ». Ou : « il nous faut partager le maigre part de gâteau qui nous reste sur Terre ». Ce qui relève d'une entreprise généralisée visant à « lutter contre la modernité en entonnant un contrechant féroce » (Johan Faerber)

// Des capteurs de particules fines vont être installés à Paris dans une trentaine de voitures électriques Autolib, donc au niveau de respiration des individus

// La cheffe d'extrême droite a été accueillie par ses troupes chantant la Marseillaise dans l'Espace François-Mitterrand, la grande salle communale de sport de Hénin-Beaumont (Pas-de-Calais)

// Depuis le mois de septembre, un système d'alerte par SMS prévient les Rwandais en cas de catastrophe naturelle

// A force de regarder le sol, les humains n'ont vu que le charbon et le pétrole. Il nous faut regarder le soleil, nous tourner vers lui et son énergie infinie (Alvigna)

// Porter un regard pessimiste, négatif, sombre (ou noir, comme certains le disent) sur le monde n'est pas digne d'un intellectuel du 21e siècle (Victor Cherre)

// Presse : « les catastrophes climatiques qui ont fait 600 000 victimes depuis la COP 1 (1995), sont de plus en plus fréquentes, du fait surtout de l'augmentation soutenue du nombre d'inondations et de tempêtes », selon l'ONU qui prévient que « cette progression devrait se poursuivre "dans les décennies à venir" bien que les scientifiques ne parviennent pas encore à déterminer dans quelle mesure l'augmentation de ces phénomènes est due au changement climatique ».

// Et pendant ce temp-là (attentats de Paris, Beyrouth, Nigeria), se déroule tranquillement le tour cycliste du Rwanda, hier l'étape a été remportée par un Érythréen

// Bernard Stiegler : « L'avenir des jeunes est très sombre... Personne ne sait à quoi ressemblera le monde du travail dans les années à venir, puisque c'est aux jeunes d'inventer ce qu'ils feront demain »

// « J'aurais préféré qu'il utilisât un autre mot que celui de guerre » (Axel Khan, *France Info*)

// « La lecture de poésie du mardi 17 novembre est, bien entendu, annulée » (Chantal B)

// Comme si on n'avait pas peur, plus peur même, deux semaines après ces massacres du 13 novembre. J'ai le souvenir qu'après les attentats de la rue de Rennes en 1986 ou du métro Saint-Michel (1995), nous avions peur partout, de prendre le métro, d'aller dans les supermarchés etc. « Ouvrez votre veste », nous demande-t-on depuis quelques jours à l'entrée des magasins pour vérifier qu'on ne porte pas de ceinture d'explosifs, réalisant ainsi la folie fanatique que cela peut impliquer ! Nous n'avons plus peur, par détermination de nous tous, la population, à rejeter ces hymnes à la mort de décervelés imbéciles

// « France embodies everything religious zealots everywhere hate : enjoyment of life here on earth in a myriad little ways : a fragrant cup of coffee and buttery croissant in the morning, beautiful women in short dresses smiling freely on the street, the smell of warm bread, a bottle of wine shared with friends, a dab of perfume, children playing in the Luxembourg Gardens, the right not to believe in any god, not to worry about calories, to flirt and smoke and enjoy sex outside of marriage, to take vacations, to read any book you want, to go to school for free, to play, to laugh, to argue, to make fun of prelates and politicians alike, to leave worrying about the afterlife to the dead. No country does life on earth better than the French. Paris, we love you. We cry for you. You are mourning tonight, and we with you. We know you will laugh again, and sing again, and make love, and heal, because loving life is your essence. The forces of darkness will ebb. They will lose. They always do » (Blakpoodles, comment in *New York Times* 14/11/15

// Un activiste d'un ONG environnementale: « Le dérèglement climatique, il tombe pas du ciel ! »

// « L'image coupe l'herbe sous le pied du langage », selon Pascal Quignard, cité par Johan Faerber (*Diacritik.com*) pour qui « dans ses crépusculaires et si flamboyants "Petits Traités", Pascal Quignard, luttant contre la modernité en entonnant son contrechant féroce, lance combien dans ses récits, le langage se retire de sa phrase, combien l'image s'y déploie comme la force fabuleuse et noire »

// Quand j'entends : « remettre les pendules à l'heure », je me sauve (Alvigna)

// Monsieur Pivot, grand défenseur de la langue française ou grand défenseur de la dictée en français ? (Victor Cherre)

// Le petit village espagnol du nord-ouest du pays, Castrillo Matajudios (Le camp tuez les juifs), s'appelle désormais Castrillo Mota de Judios (Le camp de la colline des juifs)

// Le Parlement européen a décerné le prix Sakharov pour la liberté d'expression, au blogueur du site "Liberal Saudi Network" Raïf Badaoui, emprisonné et condamné à la flagellation dans son pays pour « insulte envers l'islam »

// Durant l'Holocène (il y a 6 000 à 8 000 ans), le climat de l'Arctique était à son maximum thermique de quelques degrés plus chaud qu'au XXe siècle. Cependant, même fortement réduite en superficie la banquise pérenne n'a sans doute jamais complètement disparu. Tandis que lors de l'Eémien (100 000 à 200 000 ans), elle a pu disparaître totalement

// « Là où le bât blesse », dès que j'entends ça, j'arrête de lire, écouter, regarder etc. (Alvigna)

// « Le "CDG Express" (Roissy/Gare de l'Est, 20 minutes en 2023), maintes fois enterré depuis vingt ans, est aujourd'hui bel et bien sur les rails" (Presse)

// Le nombre d'homicides en France, de plus de 1 500 en 1996, est passé sous les 1 000 en 2014

// « Au Bangladesh, le trafic de reins prospère sur le dos des donneurs » (Presse)

// Dernière nouvelle du côté des mutuelles complémentaires, il est désormais question d'une surcomplémentaire pour parer aux limites de la complémentaire

// Barack Obama est un « guerrier réticent » (Julian Zelizer)

// « En régime libéral, la camelote triomphe » affirme Thomas Clerc dans une chronique (*Libération* 2/10/15) où il dézingue le philosophe Onfray. Et en régime autoritaire, ce serait quoi, je me demande? (Victor Cherre)

// Ce 10 octobre 2015, journée mondiale contre la peine de mort mais aussi journée mondiale de la santé mentale

// 702 millions de personnes, soit encore 9,6% de la population mondiale, vivent sous le seuil de pauvreté à 1,90 dollar par jour, selon la Banque mondiale, contre 13% en 2012 et 29% en 1999

// Le corp est trop singulier pour qu'on l'écrive avec un "s", sauf quand il y a deux corps au moins

// NASA confirms evidence that liquid water flows intermittently on present-day Mars

// L'extrême droite tient des discours simplistes qui paraissent être des discours de vérité à une partie de la population

// « L'espèce humaine est une espèce jeune », phrase bouleversante entendue dans "Quand homo sapiens peupla la planète" sur *Arte.tv*. Une autre toute aussi passionnante : « Nous sommes tous des hybrides » (6/9/15)

// 1ère diminution de la production de charbon en Chine... Le désert de Gobi en voie de colonisation par des hectares de panneaux solaires

// Qui fait le jeu de l'extrême droite ? Sans doute la bande d'auteurs anti-modernes, régressifs et déclinistes. Mais finalement les médias aussi qui les reçoivent autant qu'ils peuvent. En témoigne cette tribune de Michel Onfray s'adressant à la cheffe de l'extrême droite comme si c'était sa cousine ("Marine, si tu m'entends")

// Légère baisse du taux de pauvreté en 2013 en France, soit 14% de la population contre 14,3% en 2012, selon l'Insee qui estime également que le niveau de vie des personnes les plus aisées a diminué en raison d'une baisse des revenus du patrimoine et de la hausse des impôts. En conséquence, la réduction des inégalités, amorcée en 2012, s'est accentuée en 2013, selon l'étude "revenus fiscaux et sociaux" de l'Institut national de la statistique

// Plus de 20 ans après la fin de la guerre civile, le Mozambique se déclare libéré des mines anti-personnel. En tout cas, là où les démineurs sont passés

// Les inscrits à l'université ont augmenté de 65 000 (+2,8%) portant le nombre d'étudiants en France à 2,5 millions en cette rentrée 2015/16

// Le taux des nouveaux cas de paludisme a diminué de 37% depuis 2000 et la mortalité de 60% en 15 ans, soit 6,2 millions de vies sauvées, selon l'ONU

// A Cuba, 3500 prisonniers vont sortir de prison, libérés à l'occasion de la visite du Pape. Aucun prisonnier politiques ne le sera, officiellement il n'y en a pas. Il y a plus de 50 000 prisonniers à Cuba pour 11 millions d'habitants

// « Sans réservation, car la jauge est limitée mais extensible (on ne refuse pas des amis). C'est happy few. Je vous recevrai au champagne » (Yves-Noël Genod)

// Illustration de l'info fabriquée par les sondages: 87 % des Français estiment que le risque que leurs enfants connaissent un jour la pauvreté est plus élevé qu'il ne l'était pour leur génération. 55 % pensent même qu'il l'est « beaucoup plus » (Secours populaire). Le nombre de français qui le pense ayant augmenté d'une année sur l'autre, la presse titre sur une augmentation de la pauvreté

// Réintroduction de lions en Afrique, avec colliers électroniques, dans des espaces entourés de clôtures grillagées électriques

// L'Estonie doit démarrer en 2018 la construction d'une clôture haute de 2,5 mètres sur environ 110 km le long de sa frontière avec la Russie pour renforcer la protection de cette frontière extérieure de la zone Schengen

// Gérard Berry : « Je n'ai jamais été déçu par l'informatique. J'ai été déçu par les gens »

// Wang Jianlin a perdu 3,6 milliards d'euros en une seule journée lundi, après l'écroulement des bourses mondiales. Malgré cette grosse perte, la première fortune de Chine a augmenté cette année de 6 milliards d'euros

// Le temp, c'est « le plus grand mystère », selon Gerard Berry, professeur au Collège de France. Raison majeure pour ne pas l'écrire avec un "s" au singulier

// A la chute du mur de Berlin (1989), il y avait 16 murs défendant des frontières dans le monde. Il y en a aujourd'hui 65, terminés ou en voie de l'être (Elisabeth Vallet, Université du Québec)

//Dans la nuit du 20 au 21 Août 1968, les armées du Pacte de Varsovie, chars, avions et 650 000 hommes, envahissaient la Tchécoslovaquie, mettant fin à une expérience de quelques mois de mise en place d'un communisme libéral

// Une artiste, encensée de partout, a le culot de revendiquer une vision sombre du monde, ce que la presse spécialisée considère comme une qualitée essentielle !

// Culture de l'orgasme: Une montée progressive, circulaire, en forme de vague lente et invasive, jusqu'à un éclatement de frissons, suivi d'un étalement à la manière d'un dépassement vers une longue et doucereuse retombée

// Records de température à Paris, maximum du mois de juillet depuis les premiers relevés : 28 juillet 1947, 40°4 ; 1er juillet 2015, 39°7

// Chaque jour, sur les routes de France, 9 personnes sont tuées et 100 sont grièvement blessées (ministère de l'Intérieur)

// « La leçon léniniste de la Grèce, déclare en substance Pablo Iglesias (Podemos), est que les forces révolutionnaires doivent montrer une poigne de fer » (*Politis.fr* 31/7/2015)

// Donc on n'est pas capable de capter et stocker cette énorme chaleur de canicule qui nous serait pourtant bien utile pour nous chauffer l'hiver ! (Alvigna)

// « Cet oxymore qu'on appelle l'islamisme modéré » (Abdelwahab Meddeb)

// Image du Yemen : Une petite fille regarde sans en croire ses yeux les maisons détruites de son village bombardé : « Pourquoi ils ont fait ça ? »

// « Si l'Afrique ne parlait pas le français, le français serait une langue morte, comme le latin » (Anasthasie Tudieshe, *Arte*, 28 minutes, 19/06/15)

// La disparition naturelle des espèces avant l'activité humaine est difficile à évaluer car les experts ne savent pas exactement ce qui s'est passé durant les 4,5 milliards d'années d'existence de la Terre

// Après la signature d'un accord de paix, le gouvernement de la Colombie et la guérilla des Farc (Forces armées révolutionnaires de Colombie) ont créé "une Commission pour la recherche de la Vérité, la Cohabitation et la Non-répétition"

// Programme politique : « Faut savoir mettre les mains dans le cambouis... On doit tous se relever les manches... » Pourtant, c'est une femme qui l'énonce !

// On croit connaitre l'Histoire et on en découvre régulièrement les horreurs, en dernier : des viols de masse commis au printemps 1944 en Italie dans le Latium par les troupes françaises de retour d'Afrique

// Paradoxe du cinéma : un acteur qui ne cesse de tourner film sur film depuis des décades joue le rôle d'un chômeur dans son dernier film

// Métaphore alarmiste par Jacques Attali : « Comme quand quelqu'un se coupe les veines: au début, c'est sans douleur, et puis il s'endort, et puis il meurt. C'est lentement que la France mourra du départ de ses forces vives »

// Qu'est-ce qui est le plus sain d'esprit, écrire le corps sans « s » au singulier ou bien écrire le corp avec un « s » au singulier ? Quelle est la faute d'orthographe la plus grave, écrire le temps avec un s au singulier ou bien sans s (le temp) ?

// Lapsus de presse : « Des scénarios sans doute fictifs de fin du monde, mais une conclusion qui ne l'est pas fictive : l'extension (sic) de l'humanité proviendra sûrement de sa propre activité. Au lieu de l'extinction, sans doute en effet moins probable que l'extension !

// Un courrier a d'abord été adressé par une mère d'élève au principal du collège, décrivant une situation d'insécurité physique et psychologique des filles en raison d'attouchements sexuels. Des mains courantes ont ensuite été déposées au commissariat du 6e arrondissement

// Mise à jour non réussie : Umberto Eco traite de la presse des années 90... Chomsky accuse les dictateurs grecs des années 70 d'être la cause de la dette (Victor Cherre)

// Sur Facebook, il y a des spécialistes des causes contre lesquelles on ne peut pas être. C'est à dire qu'on ne peut qu'être pour. En revanche, c'est impossible d'être contre. Assez souvent ce sont des faux (hoax)

// « Nous voulons des lois conformes à la charia et non au règlement de l'Organisation mondiale du Commerce », a déclaré un "télé imam" populaire d'Algérie, disant craindre désormais, « après celle du commerce en gros des boissons alcoolisées, la libéralisation de la vente du porc, puis de la prostitution »

// Gilles Boeuf, président du Centre européen d'excellence en biomimétisme : « Le vivant a traversé pas moins de 60 crises d'extinction des espèces, dont 5 crises majeures, au cours des 600 derniers millions d'années. La crise Permien-Trias (...) a vu l'extinction de près de 96% des espèces, tant dans l'océan que sur les continents » (cité par Cynthia Fleury)

// L'Etat français exige de l'Ensam (Ecole nationale supérieure des arts et métiers) qu'elle mette un terme aux « actes de bizutage » subis par certains élèves durant « la période de transmission des valeurs » (PTV).

C'est le nouveau nom donné à la tradition, s'étalant jusqu'à douze semaines, qui consiste à « usiner » les petits nouveaux pour les faire entrer dans le moule (presse)

// Glissement du slogan, et forcément du sens, ce n'est plus « Sauvons la planète » mais « Sauvez notre climat maintenant » (« Save our climate now ! », à Berlin)

// Déconnection entre croissance et émission de CO_2 en 2014 : la croissance mondiale a été de 3,7% tandis que pour la première fois les émissions de CO_2 ont stagné

// Chine : le pari de l'économie socialiste de marché (*La Tribune*)

// Alain Finkielkraut : « À bas les réseaux sociaux ! »

// « Néologismes, bienvenus ! » (*RFI*)

// La Nasa annonce à venir une sécheresse aux USA pas vue depuis 1000 ans

// Comment devient-on député européen demande un enfant dans une émission TV ? Eh bien, répond un député, il faut obtenir des voix. Vérité seconde, car la première condition est de figurer sur une liste d'un parti

// Si tu as des comportements inhabituels ou marginaux, ou trop hétérodoxes, dans les sondages, tu fais partie de la marge d'erreur (Alvigna)

// Celui qui défend la fessée est un vieu papi !

// Ce qui intéressait le romancier, c'était de décrire les ravages de la guerre sur le paysage. Oui, mais il écrit quand même la guerre civile en France comme si elle allait exister dans un proche avenir (Victor Cherre)

// Au-delà des retour-arrières toujours possibles, la marche de la civilisation se poursuit : interdiction de la sorcellerie en Tanzanie pour éviter les crimes des Albinos, dont les organes seraient dotés de pouvoirs magiques selon des croyances ancestrales

// Un étudiant de RDC à Kinshasa, privée ces derniers temps de communications : « C'est pas possible d'être dans un pays démocratique et de ne pas avoir internet depuis deux semaines ! »

// La mise en service de voitures et camions sans chauffeur sur les routes publiques pourrait permettre de réduire les embouteillages et d'améliorer la sécurité routière

// Un internet spatial en projet - La vitesse de transmission étant 40 % plus rapide dans le vide spatial que dans la fibre, selon le promoteur Musk- soit 4000 satellites autour de la Terre pour diffuser internet à faible coût, dans le monde entier, aux 4 milliards de personnes non encore connectées

// Christine Angot : « "Soumission" est un roman, un simple roman, mais c'est un roman qui salit celui qui le lit. Ce n'est pas un tract mais un graffiti : Merde à celui qui le lira »

// Espérons qu'on ne fera jamais un film de cinéma de ces tueries de janvier 2015 à Paris, sauf bien sûr à rendre hommage aux victimes, mais pas à transformer en héros de pauvres types assassins comme il arrive souvent pour les faits divers portés au cinéma (Victor Cherre)

// Catastrophes naturelles en 2014 : moins de pertes en vies humaines et moins de dégâts matériels que celles de 2013. Et moins d'ouragans en Amérique du Nord, 8 contre 11 par an en moyenne entre 1950 et 2013

// Les djihadistes sont convaincus qu'être tué par une femme leur ferme la porte du paradis (*Le Monde* 30/12/14)

// De plus en plus de confusion dans l'usage des vieux adages : « C'est la goutte d'eau qui met le feu aux poudres » (*Radio Business*)

// A Cuba, les médias ont censuré le discours de Barack Obama. Les téléspectateurs ont dû regarder la chaîne vénézuélienne *Telesur* pour l'entendre (19/12/2014)

// Pas gelé à Paris depuis plus d'un an, jamais arrivé depuis 1873. La question étant de savoir si c'est la date des premières statistiques. Ou bien si effectivement il n'aurait pas gelé pendant encore plus longtemps en 1873 ?

// La mortalité due au paludisme (584.000 morts en 2013, dont 453.000 enfants de moins de cinq ans) a baissé de 47% à l'échelle mondiale et de 54% en Afrique entre 2000 et 2013 (*OMS*)

// « Vive les droits de l'homme! », « Vive la liberté ! », ont crié des manifestants au moment d'être interpelés mercredi à La Havane avant une manifestation à l'occasion de la journée des droits de l'homme. Aucune opposition légale n'est autorisée à Cuba (*Libération*)

// J'appartiens à une génération où on ne laissait pas parler les enfants, sauf en certaines occasions assez rares et s'ils en demandaient la permission (Patrick Modiano)

// Stephen Hawking : Une fois que les hommes auraient développé l'intelligence artificielle, celle-ci décollerait seule, et se redéfinirait de plus en plus vite... Les humains, limités par une lente évolution biologique, ne pourraient pas rivaliser et seraient dépassés

// « Pour la première fois, la secrétaire générale de l'Organisation internationale de la Francophonie (OIF) (Michaëlle Jean, née à Haïti) n'est pas d'origine africaine » (radio *France Info*)

// « Ne pratiquons pas la langue de bois, la langue française nous a été amené par la colonisation » (entendu sur *RFI*)

// On a jamais autant parlé français dans le monde. On dénombre 274 millions de francophones, dont 55% se trouvent en Afrique, les trois-quarts étant des locuteurs quotidiens. Mais leur nombre a chuté de 8% en quatre ans en Europe " (Observatoire de la langue française, OIF)

// Monica Vitti : « La projection de "L'Avventura" (à Cannes, 1960) a été dramatique. Dès le générique de début, le public a commencé a ricané... »

// « Le français est une langue africaine » (Henri Lopes, candidat au secrétariat de la Francophonie)

// Jean Nouvel : « Les tours des 13e, 18e, 19e arrondissements à Paris ne s'affirment pas comme des points de repère »

// « Le monde a une chance historique d'en finir avec le sida » (Presse)

// Le sort des binationaux variable d'un pays à l'autre. En Algérie la nouvelle constitution leur interdit l'accès aux hauts postes dans la fonction publique

// « Voulons-nous rester confinés sur une seule planète ou devenir une espèce établie sur plusieurs systèmes solaires ? » (Elon Musk)

// Ouverture des bibliothèques universitaires le soir, le samedi et le dimanche, enfin ce plan sera mise en oeuvre entre 2016 et 2019...

// «Voulons-nous rester confinés sur une seule planète ou devenir une espèce établie sur plusieurs systèmes solaires ? Je suis convaincu que cette dernière option est la plus excitante et la plus inspirante » (Elon Musk)

// La gauche à couteaux tirés après le départ de Taubira (*Le Figaro*)

// L'argument de l'Académie française exprimé par Hélène Carrère d'Encausse, selon quoi « l'orthographe n'a pas à être imposée par un pouvoir politique » ressemble à celui utilisé par son prédécesseur (perpétuel) envers une ministre qui entendait promouvoir la féminisation des noms de métiers. Et pourtant, "professeure, auteure, ingénieure, chercheure", par exemple, « sont entrés naturellement dans l'usage », contrairement aux oukases de cette même Académie qui les qualifient de « véritables barbarismes »

// **Clash technologique : des infos sur Facebook soi-disant effacées peuvent, telle une épée de Damoclès, réapparaitre à tout moment**

29 février 2016

« JAMAIS AUTANT »

RECIT DE JEAN PIERRE CETON

ÉDITION ORIGINALE